愛と子宮に花束を

夜のオネエサンの母《はは》娘《こ》論

鈴木涼美

幻冬舎

愛と子宮に花束を

はじめに――シンデレラちゃん的不幸が恋しい夜に

シンデレラちゃん、白雪姫ちゃん、ラプンツェルちゃん、茨《いばら》姫ちゃん、グレーテルちゃん。私は彼女たちの不幸に同情し、彼女たちがその不幸を踏み台に勝ち得た幸福を祝福できる。みんな、継母や怖い魔女に形を変えないと物語にすらならない不幸な呪縛を解いて、愛と自由と富とシアワセを勝ち取った。

「白馬の王子を待ってる、なんて昔のお伽話《とぎばなし》じゃあるまいし」と、小馬鹿にするけど、死ぬほど貧乏で不自由で惨めな状況をいいオトコ利用して打破するなんて、まさしく超賢い。白馬の王子なんていない、とぼやくアラサー女はたくさん見てきたけど、白馬の王子がいないんじゃなくて、通りすがりの使えるオトコを使いこなせる技量がないだけ、という気もする。

で、だからシンデレラちゃんも白雪姫ちゃんも賢くてあざとくて強《したた》かで、シアワセになるべくしてなったと思うのだけど、私も彼女たちにはちょっとだけ嫉妬する。やっぱりちょっとズルイと思う。ただズルイと思うのは、彼女たちが手に入れたシアワセじゃなくて、彼女たちが抜け出した不幸について。

夜のオネエサンたちの中にはシンデレラちゃんもグレーテルちゃんもいくらでもいる。それほど親しい友人に限らなければ、父親が3回替わったという女の子にも、施設で育った女の子にも、兄弟が血がつながっていないという女の子にも会うし、彼女たちは彼女たちで病んだり成功したり、暗くも明るくもなりながら気高く生きている。

対して、私も含めてそこまで振り払いたいほどの呪縛がない女の子たちも当然いる。入っているつもりの鉄の檻《おり》はいつだってドアに施錠されてなかったりするし、そもそも実はわりと居心地すらよかったりする。しかしわかりやすさのない呪縛、振り払えない確執は時に厄介であることもある。そういった女の子たちもまた、病んだり儲《もう》けたりして気高い。

分け隔てることもないが、カギカッコ付き「複雑」のもとに生まれた人にしか味わえない不幸も、カギカッコ付き「幸福」のもとに生まれた人にしか味わえない不幸もあると思う。整形したり引っ越したりはできても、結局は生まれた場所と生まれたままの身体でしか戦えないこともある。だからこそ面白いと思うものの、シンデレラちゃん的不幸を持たずして生まれた人間として私は時々、そういった不幸があることのほうが単純で羨ましいと思ってしまうことだってあった。

私や私の親しい友人たちのお母さんは、小さい頃に熱を出したら「それでも階段の掃除をしなさい！」なんて言わずにお粥《かゆ》をつくってくれた。中学校くらいまではほぼ100％経済的に支えてくれて、温かい寝床を用意し、散らかした部屋を片付けてくれた。叱られることはあっても毒を盛られることは滅多にないし、冷えきった納屋で一晩明かすことも、山奥に捨てようと企《たくら》まれることもなかった。多くの場合の不幸はそんなにわかりやすくなくて、もっと生ぬるくて、そもそも不幸なんて呼べる代物じゃないかもしれなくて、でもそこから抜け出せないと結構しんどい夜もある、くらいの、だけど次の日にはやっぱりそんなに悪くないかも♡、と思えるくらいの、微妙で絶妙な事態なわけである。

だけど、じゃあそれで、「うん、なんだかんだシアワセ」と思ってやり過ごすには私たちもまたもう少し複雑で、もう少し思慮深い存在なのでありました。そうじゃなかったらわざわざ地雷だらけの夜の世界に踏み込まないし、オトコの前でカメラの前で水着になったり裸になったりしないし、知らない男に酒もつがない、触らせない、抱かれない。しかしそこに踏みこんだからといって、私たちの世界は生まれた家から完全に断絶されているわけでもない。

大逆転を望むほど不自由ではないけど、私たちはワタシタチなりに自由になり得ない。母親たちの呪縛をいつも背骨と皮膚の間にゾワっと感じながら生き続けている。頼りがいがあって、影響力があって、なんだかんだ優しくて、冷めてはいないけど重すぎて苦しいほどでもなくて、そしてその代わりに私たちに、何であるのかよくわからない魔法をかけ続ける。愛だとかいう粉をふりかけながら。

*

私の母は1950年に東京近郊のわりと裕福な商売家庭に生まれ、割烹《かっぽう》旅館や料亭を経営する彼女の祖母たちに、それなりに乱雑に、それなりに愛されてすくすく育った。叩《たた》き上げの商売人のわりには知性に対してとても理解のあった私の祖父は、中高一貫の国立の女子校での教育や高校時代の豪州留学に代表されるような、リッパな人間の育て方をもって母を社会に送り出した。

大学時代は劇団の芝居に明け暮れていたなんていうのはあまりに70年代の香りが強いけれど、普通より2年多くかけてキリスト教系の私立大学を卒業、大手化粧品会社や広告代理店でコピーライターなんてやって、私を産んだ時は学者のタマゴだった父よりも収入が良かった。父が常勤になって私が手のかかる赤ちゃんで、だからフルタイムの仕事はしばらく辞めて翻訳や単発の仕事なんかを手がけて、父のサバティカルで英国滞在したのを機にイギリスの大学院で再び学び、なんだかんだで児童文学ではそれなりの実績のある研究者になった。

ワタシは純粋に、ワタシより母親のほうがちょっとだけ優良物件な気がしている。実家も金持ちだし、新卒採用とかじゃないのになんだかんだクリエイティブないい仕事に恵まれ、旦那も途中から結構稼いでくるし、可愛《かわい》くて優秀な娘（ワタシ）まで付いて。かといって、完璧な母がパワフルすぎて自分が見つからない、みたいな、少女漫画みたいな気持ちで育ったわけでもなかった。

「私があなたのパパと違って人から嫌われないのは、ずっとアカデミア街道走ってたわけじゃなくて、銀座にあるような会社で揉《も》まれてるし、東大じゃないからよね」

なんて何かと嫌味なのだけど、そしてそれを棒に振るほど愚かではないものの、それでも窓際で編み物をして幸福を完結させるほど趣味が悪くないため、母親は母親でどこか最後の一歩は満たされない顔をしている。そして母親は母親で、ワタシに対しての劣等感を持っている。自分は知的な家庭をつくったけれど、生まれはがやがやした水商売屋さん、香り立つような知性は持ち得ないのだ、と。ガリ勉で、やや貧しい時代の公立の小学校に馴染《なじ》めなかった自分に対し、ワタシはしれっとお嬢様学校で学級委員をやっていた、と。

そんな微妙な想い想われの関係は別に、私をひどく苦しめていたわけではない。母は時々なんだかすごく嫌味な言葉で私を咎《とが》めながらも、時々は過剰なほど愛の混じった言葉で私をあやした。そして大変ありがたいことに、私を苦しめるほどには側《そば》にべったりいることはなかった。なんだかんだと決定的に、あるいは最終的に、私は欲しいものを手に入れられなかったことはない。欲しいものをなぜ欲しいかを、真っ当な日本語で説明する義務は課せられてはいたけれど。

そんな面倒くさいけど憎めない母親から、私は人生で二度、強烈な嫌悪と憎しみの眼差《まなざ》しを浴びせられたことがある。一度目は私が小学校受験の予備校に通っていた頃。「お勉強教室」と母と私が呼んでいたその予備校は、当時東京の中央区にあった自宅のマンションからは地下鉄を乗り継いだ先にあった。お受験なんてものをそもそも小馬鹿にしている母娘がそんなところに迷い込んだのは、おそらく父の趣味であったのだと思う。私はそれ自体をありがたいとももちろん思わなかったが、苦しいとももまったく思わなかったのは、おそらく母にそういった冷笑的な雰囲気があったからだ。

しかしその日、お勉強教室には母の知り合いが息子を連れて見学に来ていた。父兄の待合室で初めて会うそのオバサンに、私は人見知りして挨拶ができなかった。ママが機嫌悪いポイント1。そのオバサンは、私と彼女の息子が授業的なものに参加中、私にといって、お菓子か何かを母にくれたらしい。帰り際、駅まで二親子一緒に行きましょう的な流れになって、母は途中で、「そうだ、お菓子もらったのよ」と私に言ったのだが、私は即座にありがとうとお礼を言えなかった。機嫌悪いポイント2。駅の改札での別れ際、オバサンはお礼&挨拶待ちでちょっと立ち止まってくれたのだが、そこまでされると逆に言い難《にく》くなって、私はだんまりを決め込んだ。機嫌悪いポイント3。

向こうの息子は人懐こくて、私の母に対して「おばさん、ばいばーい」なんて言ってくる。私はホームでもついぞ手すらふらずにその親子と別れた。機嫌の悪さがMA

Xになった瞬間に、私たちが乗るべき電車がホームに入ってきて、母は、母の手を摑《つか》もうとする私の手を激しく振り払い、「どっかに行ってしまえ！　あなたなんて私の子供じゃない！」と叫んだ。私は迷子になるのが怖くて必死に母の背中を追い、同じ電車になんとか乗ったものの、次の電車に乗り換えるまで口をきいてもらえなかった。

話変わって、二度目は私が免許を取りたての19歳。大学1年生になったばかりの私は、まだ実家に住んでいて、自宅から車で藤沢市にある大学まで通っていた。毎日の運転で、ちょっとこなれたのをいいことに、靴はピンヒール、くわえタバコの片手運転で調子に乗っていた。希望の大学に受かったし、髪の色は気に入っていたし、なんだか人生調子よくて、私は「姫トラ」[1]のCDを大袈裟《おおげさ》な音でかけて大学までの運転しなれた道を運転している途中、結構ないきおいでガードレールにつっこみ、車を半壊させてしまった。

乗っていた車は、もう父が10年以上乗っていたいすゞのピアッツァ。それほど車の使用頻度が高い家ではなかったが、ちょっとした温泉旅行やお出かけの際に必ず乗っていた。私が免許取りたてで、おそらく擦《こす》ったりするだろうから、しばらくこの古い車を捨てずにおこう、という父の計らいで家にあった。

半壊した車をなんとか自宅まで運転して帰って、私はコトを荒げないようにしれっと車庫に入れていた。深夜に帰宅した父はそれを見るなり、私が想像した以上に嘆き悲しんだ。男の人って乗り物にロマンとか自尊心とか思い出とか、いろいろ詰め込んでるじゃないですか。そもそも、私が壊すかもしれないから、といって保存していた古い車なのに、思ったより大事《おおごと》になっちゃったな気まずい、と思いつつ、私はごめんね、と言っていた。

オトコの乗り物ロマンをそれほど共有していない母は、最初は、ぷりぷり怒っているくらいだったが、父が半泣きで「飼っている猫が足がちぎれて帰ってきたら、普通の気持ちじゃいられないでしょ?」と言ったら、何かが決壊したように、言葉が聞き取れないほど怒鳴りわめきだした。「お前はそこに土下座しろ!」というのは辛《かろ》うじて聞き取れたが、それ以外はものすごい憎しみの形相だけしか覚えていない。

あまりに収拾がつかないので、私はその日から友達の家を渡り歩き、キャバクラの

1—当時、頭が悪くて顔が可愛いギャルがみんな聞いていたリミックスCD。姫トランスの略だと思われ、同シリーズに「ホストラ」などもある。当然、頭が悪くて顔が可愛いホストが参加したリミックス。

寮に空きを見つけてもらって入り、3カ月くらいは親とは音信不通になった。3カ月経って交流は戻ったものの、その後も一人暮らしを一貫して続けて、結局、住まいに関しては一度も実家に戻していない。

別にトラウマというほどでもなければ、それで心を閉ざしたとか性格変わったとか人間不信になったとかいうわけでもないけど、なんとなく背徳感を覚えるような時、なんとなく親に後ろめたい選択をする時、私はこの2件の思い出を頭の中でなぞる。

*

夜に迷い込んだ私たちに、わかりやすく共通した確執があるわけではない。キャバクラの更衣室で酔ったオネエサンたちの話題にあがる人物と言えば、もっぱら同棲中の彼氏や元カレやあるいは腹の立つ女友達や痛い客、店のボーイなのであって、親や家族なんていうものは、もはやずる休みの言い訳にすらあまり登場しないレベル。

無理やりほじくり返そうとすれば、誰にだって過去のわだかまりや気の合わなさ、ホームで手を振り払われる程度の確執はあって、それはそれとしてそれなりの関係を紡いでいたり、あるいはまぁ関係自体を一時的に放棄していたり、そもそも関係性が育まれていなかったり、その背骨の裏にあるものにはとりあえず蓋をして、ひとまず自分の足で歩いている。オトコを愛して裏切られ、あるいはオトコを裏切りながら、話題と言えばもっぱらその類であって、蓋をした背骨の裏には極力ふれない。

キラキラした狂乱の中にいればいるほど、満たされなさが何よりも高潔だと崇《あが》められる世界にいればいるほど、あらゆるものを棚上げにする夜にいればいるほど、そこにはふれない。蓋をしたのはそれが特別憎いからでも、そうしないと辛《つら》いからでもなく、今の生活に無縁だからだ。それは泥臭くて糠味噌《ぬかみそ》臭くて汗臭い。しぶとく、強固で、生々しい。シャンパンの泡と弾《はじ》けて溶けていくような毎日に、そのしぶとさはひたすら不向きなだけである。

ただ、私たちはどこかで、そのしぶとく泥臭いものとまた向き合うタイミングが来るということもわかっている。わかっているからこそ、それをなんとか先延ばしにしようと、余計に蓋を分厚くしてみる。親からのメール返信は友人同士のＬＩＮＥやり取りの速度10の1。たまには帰ってこいというのは好意的に受け取ってごくたまに実行。話はなるべく聞き流し、送られてくる食材はそのまま棚の中、正月の数日はできればテレビと会話していたい。

私たちは、その背骨の裏に横たわるものがあるせいで夜の世界に飛び込んだわけでも、夜の世界から抜け出せないわけでもない。昼の世界に通じる道も、昼に踏みとどまる選択肢も常に手の中にあった。親との確執なんていうと、世界にあるよくわからない選択を説明付けるのにうってつけだから、自分も世間もとりあえずはそれで語ろうとする。親への反抗、親へのコンプレックス、親への復讐……。誰のポケットにも、そんなことにこじつけられるような思い出はあるわけだし。ただ、そんなものがなくても人はおかしな選択はするのだ。

だから親との関係性の複雑さがあるせいでする選択なんて嘘臭《うそ》い後付けなのだけど、夜の世界に飛び込んだせいで、私たちの背骨の裏は少しだけ複雑になった。母親たちは私たちを産み落とした時、全身で私たちの幸福を祈り、心のどこかでその幸福を何かに限定しているから。何でも言葉にするのが好きな私の母親は、「私はあなたが詐欺で捕まってもテロで捕まっても全力で味方するけど、AV女優になったら味方はできない」と最近までよくつぶやいていた。

＊

狂乱を一時離れて、泥臭い何かを嗅ぐ。そのタイミングが来るまで、母娘はお互いに妥協に妥協を重ね、同じ小言を繰り返し、同じプチ裏切りを繰り返し、なんとなく折り合いをつけながら誤魔化す。タイミングなんてそうそう来ない。夜の世界にいれば、それなりに生活は成り立つし、その流れるスピードはとても早い。

あの子、親でも死なないかぎり、生活改めなさそうだよね、なんて囁《ささや》かれるが、時には親の死すらも、輝くこの地から私たちを引き剝《は》がすには至らない。私たちが迷い込んだ世界は、それくらい強く人を引き込むし、一度摑んだら離さない。一生そんなタイミングが来ないこともある。

「ごめんね、私はあなたにもっと教えなくちゃいけないものがたくさんあるのに、もう教えられる時間がなくなっちゃった」

母は日に日に弱る身体で、何度もそう言っていた。私はちょうど母親の一度目のがんの手術が終わった頃にこの本を書き始めて、そうこうしている間に母のがんは再発し、原稿を書き終える半年前に母は死んだ。私がちょうど、母が私を産んだ歳になる1カ月前のことだった。

目次

カバー写真　鈴木涼美
ブックデザイン　鈴木成一デザイン室
ＤＴＰ　美創

Ⅰ　母と私

失楽園にかかったマディソン郡の橋に

答えが出ないが故に考えるのは無駄だが、だからこそ時間つぶしの議論に向いている二択というのはいくつもあって、代表的なのは「A　うんこ味のカレー」か「Bカレー味のうんこ」かとかそういうことだが、私のようなせせこましい人間は、飲み屋で一瞬盛り上がったそういう話題を家に帰っても掘り起こして次の日まで何度も考えなおしている。

前出の二択であれば飲み屋の結論はAに偏りがちだが、というのはそもそもBは排《はい》泄《せつ》物なのであって食べ物でないがAは不細工な味の食べ物である、という理にかなっているような冷静なようなことを言う人がどんなコミュニティにもいるからだ。

でもよくアダルトサイトなどで見かけるスカトロマニア向けのビデオではうんち食べてるけど、たぶんその後女優さんが激しい食中毒になったり死んだりはしていないが、毒の入ったカレー食べて亡くなった人はいるわけで、うんこ味というのが「これは絶対に食べてはいけない」というカレーの出している救命サインかもしれないと考えると、いっそここはマニアになったつもりで価値観を変えてBを、そして生きることを選ぶというほうが……とかそんなことである。

何も私はカレー味の排泄物について長々と話をしたいわけではなく、じゃあ代表的二択のもう一つの雄である「A　イケメンで貧乏」か「B　キモメンで金持ち」かという話に流れていくかというとそういうわけでもなく（ちなみにこの場合、すぐに誰かが「貧乏でキモメンでも心が優しい」とか「才能がある人ならなんでもいい」とか言いだしてお茶が濁る）、私の母が不倫について出していた二択について、最近ちょっと思い出していたのである。

＊

それはそもそも私の母が、とある大学教授の奥様と、何かパーティーの際にした話が原体験としてあるらしいが、要は自分の旦那が「ホステスやお金目当ての愛人を囲う」のと、「心からひかれあう純愛不倫」するのとどっちが嫌か、という話だ。

ちなみに最初に言っておくと、うちの父はどちらかと言えば前者を好み、その大学教授は常に後者なのだそうである。これ、女性向けとしてはうんこカレーと同じような答えの出ない二択問題であるが、男性既婚者に「どっちがしたいか」と問いなおすと、趣味趣向によって個別に強固に答えが出る、完全に答えが二分される二択になるように思う。

不倫に厳しい最近のワイドショーなんかでコメントするなら正解がある。そんなの「どっちも嫌」である。確かに。うんこカレー並にどっちも嫌ではある。しかしそこは二択問題なので、ではどっちと聞かれれば結構難しい。後者である旦那に悩まされているその奥様が「オカネが絡んでいれば、純愛から紡いだ私との関係とはまったく異質なものであるが故にこちらが脅かされることはない」と主張すれば、私の母は「仕事先にバイトで来た子と映画館デートで純愛を育むのと、銀座のクラブに通い詰めた上にお小遣いをとられるのでは家計に及ぼす影響の差は甚大だ」と返す。

最近ワイドショーで報じられる、というか一方的にぼっこぼこに責められるのは、圧倒的に後者の匂いがする不倫である。いや、一部ちょっと前者っぽいのも混ざってるかもしれないが、ベッキーはゲスなんとかというミュージシャンからお小遣いもらっていないだろうし、連日報道される新たな不倫も相手が玄人《くろうと》くさい場合は少ない。ただし、日本の不倫一覧を見たら、どう考えても数的に存在感を示すのはお金絡みの方である。既婚者の、正規のパートナー以外との肉体的、もしくは精神的つながりを不倫とするなら、そしてその不倫を社会悪とするなら、被疑者は吉原と銀座と六本木と歌舞伎町と錦糸町に集中している。

にもかかわらず、糾弾されるのが常に純愛系のどちらかと言えばレアな不倫形態なのは、お金が絡んでいる場合は商売と遊びであるのに対し、純愛はガチな感じがするのでソッチのほうが人が傷つく、という、要はあの銀座ホステス不倫裁判の裁判官と同じような感覚を[2]、やはり多くの大衆が持っているからだと思われる。

風俗は浮気に入らない、とかいう主張はオトコの無理やりな自己肯定なんだけど、一応共有されている社会的な感覚で、客とプレイする度に奥さんに訴えられていたら、

2—銀座のクラブのママが、客の男性と不倫していたということで、男性の妻から訴えられた裁判。2014年に判決が出て、その後、週刊誌が報じたことで大きな話題となった。要は、銀座ホステスが客と寝るのは枕営業という立派な仕事なんだし、不倫とは違うんだよ、という判決に、国民（主婦）が怒り、国民（ホステス・キャバ嬢・風俗嬢）が安堵《あんど》した。

風俗嬢は存続不可能になる。私たち女子は、いざとなった時の就職先を失い、それはそれで結構困るのでお互い様である。

母とその奥様との会話は、パーティーの一角で「そうねえ」「それも困るわねえ」程度の終焉《しゅうえん》を迎えたのだが、私と同じようにせせこましくしつこい性格の母は、パーティーから帰宅後、私にこう主張を続けた。「根性が嫌いなのよ」と。

*

当時高校生から大学生に今まさにならんとしていた私は、その奥様と以前会った時に「柴咲コウに似てる」という、後にも先にも言われたこともないし本人的にもいまいちピンとこないけれどとりあえずすごい褒め言葉っぽいことを言われた記憶があったから、というわけでは別にないが、ちょっとその奥様に肩入れしながら聞いた。

「家計を圧迫するかはさておき、やっぱり純愛の不倫のほうが脅威な気がするな。心のほうが罪深いじゃん」

「いや、私も本当にうちのパパの心を奪う人がいたら許せないとは思う。でもね、どういう不倫をしたいかって、結局、男の人が何によってえばりたいかってことなのよね」

私の母は、浮気を寛大に許容するような古き良きところはまったくなく、極めて現代的に、どんな形態であっても怒り狂い、また傷つくタイプであったので、本音は当然「どっちも嫌」であることは、ついこないだまでおじさんたちに100円の下着を1時間自分がはいたという理由だけで1万円で売りつけていた18歳の私にも容易に想像ができた。

さらに、母のようなイメージを大切にする人間は、身体的具体的な行為よりも心の在《あ》り処《か》に重きを置くということもすでに私は知っており、だからどちらかと言えば母にとってはあの奥様と同じように心の浮気のほうが深く拒絶の対象であることも、卒業式以降、いそいそとキャバクラの体験入店を繰り返していた私には想像ができた。

「つまり、オンナを何でおとしたいか、でもいいけど。オカネで愛人を囲うことに虚《むな》しさを感じない男は、オカネでえばるのが気持ちいいっていうことで、その根性が嫌なの。それだったらまだ、自分の魅力で一切のオカネをかけずに若い子を捕まえることと自体をえばりたいって男のほうが勇敢だわ」

母が、自分が当事者であれば到底耐えられないようなことを、なぜ勇敢などという非現実的なコトバを使って擁護するのか、当時の私にはわからなかった。それに、キャバクラやブルセラショップに並ぶおそらく既婚者であろうおじさんたちの抱く感情が、母や、将来的には私の、脅威になるなんてことは想像しがたかった。母はこうも言っていた。

「不倫なんていうのは、多くの男の人にとっては、人生の本筋とは関係のない、エンタテイメントなわけだから、何で気持ちよくなるかってことがよくあらわれるのよ」

今から思えば、母は父の浮気をお金で買えるものであるとして、それを過剰に責め立てることで、実際そうなのであると思い込もうとしていたのだとなんとなくわかる。自分に脅威のあるかたちで女の影があることなど、ほんの少し想像することすら嫌だったのだと。

ただし、私はその母の心の防衛本能自体はうーんなるほどなと思い起こす程度でどうでもよくて、母が仮想敵として戦っていた、お金で買える不倫についての考察のほうが面白かった。不倫は男にとって火遊び、それならば特別気持ちがよいのがいい。何かでえばり、えばることで甘えることを許され、一時だけ「いい男」になりたいに決まってる。そしてそのえばるネタは大抵のキムタクでも山Pでも舘《たち》ひろしでも葉加瀬太郎でもない男たちにとっては、お金くらいしか思いつかないのだ。そういった安易な男の「愛するよりもちやほやされたい願望」によって、今宵も吉原と歌舞伎町に明かりが灯《とも》る。

指先から媚薬《びやく》

小学校の5年生から6年生の途中までロンドンのセント・マーガレット・スクールという、1クラス10人程度の非常にこぢんまりした英国らしい女子校に通っていた。もちろん個人的にどうしても留学してみたいとか思っていたわけではないが、父親の仕事の都合があり、意思はあるが意思決定の権利はない10歳であった私は、ロンドンに強制連行されたのである。『姫ちゃんのリボン』[3]が見られなくなるしスマップの出るMステも見られなくなるし同級生のタテイシくんにも会えなくなるという理由で、私としては非常に不本意な物理的移動ではあったものの、そこは子供の可愛いところ、あるいは私の可愛いところで、ちょっとブツブツ言いながらも、実際行ってみたらめっちゃ楽しんで馴染んでロンドンで育つために生まれてきたんじゃないかしらとまで思っていた。

母は、日本の私立の小学校のくだらない宿題や起立・礼なんて無視して子供は豊かに育てばいい、と信じている人だったが、その豊かさの前提条件として、本をたくさん読むことと英語がしゃべれることが必要だとも頑《かたく》なに信じていた。だから私は英国滞在の3カ月前から、学校から帰ってきてから寝る前までは母とは英語で口をきかなくてはいけない、じゃないと熱湯風呂、みたいな過酷なトレーニングを経て（熱湯風呂は嘘）、とにかく現地校で友達100人つくりなさいという指令を受けて、いざ英国に勇んで入っていったのである。

＊

そのセント・マーガレット・スクールというのは当然キリスト教の私立の学校で、穏やかな校風と高級住宅街の立地もあってか、普通の現地の学校であるにもかかわらず国際色豊かで、日本や韓国、ドイツやらノルウェーやらから親の都合で連行された女子たちがウヨウヨいて、母の努力むなしく、英語なんて最初はそんなにできなくてもわりとあたたかく迎えられる空気があった。そんなことより、転校生として生徒の人気を集めているのはなんといっても、ピアノが上手《うま》く弾ける娘だった。

私は小学1〜2年くらいの時にヤマハ音楽教室でエレクトーンを叩いた記憶がかすかにあるものの、身体を動かす才能にはなから恵まれていなくて、ピアノもダンスも水泳も、かじっても舐《な》めても噛《か》んでもものにならなかった。唯一けっこう続いたのは、身体を極力動かさない日舞だけである。私とほぼ同時期に、やはりその学校に転入してきたアヤちゃんという背の高い女の子は、私より全然英語の心得はなかったが、トルコ行進曲とかそういうピアノできない人がすごい弾いてみたくてたまらないヤツを含め、暗譜でバラバラ弾く腕前があった。それどころか、当時流行《はや》っていた女性歌手Ｓｈａｍｐｏｏの曲とかも何度か聞けばピアノソロに噛み砕いて演奏する才能まで

3―集英社の雑誌「りぼん」に１９９０〜94年頃連載されていたマンガ。姫ちゃんの「元気で明るく男の子っぽい」けれども「女の子らしいお姉ちゃんにちょこっとあこがれている」という順当に少女マンガ的なキャラがウケて、アニメやミュージカルにもなった。ちなみに、アニメの主題歌を歌っていたのがＳＭＡＰで、多くの元少女はマンガのヒーローとキムタクを混同したまま大人になった。

あった。

私は、休み時間になると彼女に群がる金髪ギャルたちを、爪を噛んで見つめ、西田敏行の歌を頭でリフレインしながらクリスプスをバカ食いしてロンドン滞在中の1年半で14キロ太った。のは、どうでもいいのだけれど、そういえば母も、「言葉の通じない国で友人をつくったり、クラスで居場所をつくったりするには、ピアノができるとか絵がすごく上手いとか、別にそれを職業とするほどでなくてもいいけど、秀でるものが必要よ」とか言いながら私を育てていたような気がする。かといって母はバリバリ習い事スケジュールを組むようなタイプでもなかったし、私もあからさまにキラリと光る才能が眠っているタイプでもなかったが故、「特に秀でるところはないけれど、裏表のない感じのいい子」に育った。

当然、日舞なんていう日本人が見たって何が面白いのかわからないものは、友人をつくる武器になるわけもなく、私は地道に英語を勉強し、性格がネジ曲がった友人とも仲良くし、派閥争いでは中立的立場を保ち、お菓子とかはなるべくみんなに配り、冗談を言ったりはしゃいで笑いを取ったりしながら、なんとか1年半を生き延びた。

*

そして十数年後、何も特技がない私はそれでもどうにか輝く場所が欲しくて夜の世界に飛び込んだ、わけでは決してないし、そんな話をしているわけでもない。別にピアノは弾けぬが勉強はわりとできたし、先生とかに好かれるタイプだったし、うまいこと受験にも就活にも引っかかって、それなりにご満悦です。

それに、私はここ10年、ちょっと海外に行くと、ピアノを弾いてみせるより、絵や側転を披露してみせるより、もっと気軽にもっと即座に、みんなのハートを掴んでいる。先週行ったケアンズでも、ミコマスケイに向かうボートの中で、ショッピングセンターの中のKマートのレジで、泊まっていたコンドミニアムのフロントで、白人のオネエサンに黄色い声で話しかけられた。「あなたのネイル、超可愛いね!」と。

私は、大学時代も大学院時代も新聞記者時代も現在も、日本では「その爪でどうやって原稿を書いているんですか」と言われ続け、「爪の先でパソコンを叩きます。だからデスクトップパソコンは苦手です。あと、1本だけ折れたりすると、バランスがとれずに不便です」と答え続け、「切ればいいのに」と思われ続けてきた。スカルプ[4]

が流行らなくなってからは自爪の長さのジェル[4]で限界まで長さを維持し、折れればすぐにチップを貼って、渋谷のｅｓネイルの担当さんに「派手目のキラキラ系で適当に」と毎回ふわっとしたオーダーをして、年間のネイル費用は20万円を超える。

もしもピアノが弾けたなら、こんなネイルにはしなかっただろう。なぜってノートパソコンのキーボードは叩けても、グランドピアノの鍵盤を叩くには、アートネイルは過酷すぎる。でもピアノを弾けない女だからこそ磨いた指先で、私はあのクリスプスと爪をひたすら噛み締めていた10歳の時から20年後の今、世界を魅了している。オンナは常に、自分にない価値を物質やブランドで補うことに優れているのだ。キラリと光る才能や技術がなくても、人生は結構楽しめる。ママ、ピアノ弾けなくても英語がふわっとしかしゃべれなくても、私、自力で人気者になれたよ、と、久しぶりの白フレンチ・ストーン25個乗せのネイルを見ながらつぶやきたくなった。

私の私の彼は、飲食業〜♪

寒い以外に特徴のない年始の週末、たまたま居合わせたちょっとした公の場で、私の友人の元キャバ嬢・実業家ホノカさんが、「恋人ですか？　ええ、飲食店勤務です」とやや食い気味に質問に答えていて、隅のほうでぼやっと聞いていた似たもの同士の私たち3人組は、口に含んでいたビールを揃《そろ》ってブシュッと吹き出した。最近、夜の付き合いが悪いと思っていたよ、ホノカさん。ホストと付き合っていたのですね。夜職をあがってしばらくたつ彼女的には、「カレシ？　ホストだからカレシっていうか担当か！　ウェーイ本営[5]最高〜」とか公の場で答えると何かと問題もありそうなものだし、大変スマートな回答でした。

飲食店勤務……。まさに私たちの究極のマジックワード。この言葉に私たちは何度

4—アクリル樹脂などで人工的に爪の長さを出すスカルプチュア。に対して自爪の強度を補うジェルを使って自爪自体を長くすることを可能にしたジェル。この、「人工物と身体の境目を極めて曖昧《あいまい》なものにした」技術は、日本女性の自意識に多大な影響を及ぼしたのだが、その話はまた今度。

救われてきただろうか。キャバ嬢は飲食店アルバイト、セクキャバ[6]くらいまではためらわずに飲食店、銀座のお客さんとの出会いは「飲食店で♥」、バーテンもホストもキャバクラの店長も新大久保のアイドルカフェのイケメンも「飲食店勤務のダーリン♥」。

私たちは、親や大学のイノセントな友人や昼職の同僚に何か都合の悪い質問をされる度に、嘘じゃないよ♪美化だよ、美化じゃないよ♪日本語翻訳だよ、と絵描き歌チックなメロディーを頭の中でリフレインしながら、飲食店という日本語を乱用してきました。告解。だって、親とかってカレシが飲食店勤務って言うと、なんかヒルズのイタリアンの厨房で腕をふるってるとか、寿司職人目指して修業中とか、マキシム・ド・パリで給仕してますとか、せめて西荻の居酒屋で朝まで頑張って働いてるとか思ってくれるんだもん。本当は歌舞伎町の花道通りで、修整しまくった宣材ポスターの中で笑っているような男であっても。

＊

それなりに良識ある母親たちは言う。別にＰｈ．Ｄ．持ってなくてもいい、別に総合商社勤務じゃなくてもいい、MARCH以下の大学出でもいい、高給のとれる専門職でもクリエイティブな仕事でも名誉ある国家公務員でもなくていい、身長が低くてコレステロール値高めでもいい、なんなら鼻毛が出た坊ちゃん刈りのワキガでもいい、あなたが本当に愛することができ、あなたを誰より大切にしてくれる人と出会えたら、ワタクシたち母親はその人を喜んで受け入れます、と。そして、それがワタクシたち母親にとっては、自分の人生の明暗を分けるほど重要なことなのです、と。

言いそう、私の母なんて、マリアージュの紅茶とか飲みながら如何《いか》にもそんなこと言いそう。というか、そういえば錦糸町の駅ビルで、そんな会話をしたことがある。

「愛するパートナーがいない人生はとても辛いわ。私はあなたが心から選んだ人であ

5—本彼営業の略。お客さんに、「付き合おうよ、これ営業とかじゃなく、オマエのこと好きだから真面目に付き合って欲しいんだよ、オレのことホストとしてじゃなく男として見てくれない?」とか言いながら、店ではしっかりオカネとるし、なんなら売り掛けまでさせて高額使わせる営業のこと。まあ、あの時のあれは本営じゃなくて全力でカレシだったけどね、と後から思うのは個人の自由。

6—昔はおっぱいパブ、のような呼称もあったが、キスやおさわりがあるけれども、ヌキのない、なんだか欲求不満な形態。冷静と情熱の間にある、風俗とキャバクラの間。

れば、アラブ人で宗教的にいろいろ面倒くさくても、私より年上であっても、その人が存在してくれることに感謝するわ」。マリアージュの紅茶じゃないけれども、駅ビル地下の喫茶店のコーヒーカップ越しに、エレガントなドヤ顔で母はそう言い切ったのであった。まあこれ、あんたも歳《とし》なんだから早く結婚しなさいよという母親からアラサー女子へのあまりに単純なメッセージを、お洒落《しゃれ》チックに薄めた台詞《せりふ》なんですけどね。

しかし、母親たちはそれなりに欲深い。そしてその欲深さを、寛容で理知的な言葉の裏に隠すくらいには、ずる賢いのである。ママたちにだって、フェティシズムもあれば譲れないポイントもあるんだもん。「どんなに学歴が低くても私は文句言わないわ！（借金さえなければね）」とか。「見た目なんて何でもいいのよ！（ギャンブルやらないなら）」とか。「年収５００万円で本当に十分！（結婚後に同居してくれるならな）」とか。

私たち娘は、母親たちの寛容な言葉をそれなりにありがたく受け止めながら、その（　）内のメッセージを微妙に感じ取る。何年も一緒に暮らしてきたオンナが、何が好きで何が許せないかくらい、こっちだって少しはわかる。愛さえあればいいのと言いながら、バンドマンとか絵描きとか自称プロサーファーとかはさすがにNG、の留保をつけているんでしょ、と若干の絶望を感じながら生きている。

＊

その絶望が何かを呼び寄せるのか、なぜか私たち、そのママたちのテヘペロな留保に、ことごとく引っかかる人を好きになりがちです。別に母親に対する壮大な復讐物語を描いて、「倍返しだっ」と睨《にら》みつける気は本当にないんだけど、なんか炭水化物食べちゃダメって言われると異様にミスドが目に入る感じに似てるというか、営業に異動したから今日からスーツってなったら急にジルスチュアートのワンピ買っちゃう感じに似てるというか、そんな感じで、母親がギャンブラーだけは嫌、とか思っていると、つい雀《ジャン》プロに目がいっちゃうの。

そんな時、私たちの最大の味方となってくれるのは、日本語の豊かさだ。雀プロやパチプロだったら、アミューズメント関係でしょ。AV監督はエンタテイメント業だし、バンドマンは音楽業界の人だし、デリホス[7]やヒモは究極のサービス業なのです。プータローはフリーランスであることに間違いないし、ちょっと前にノマドというなんか知的そうな新語まで誕生した。母親と娘の、カレシをめぐる攻防は終わりなく続くだろうけど、そして母親たちは言葉のニュアンスを巧みに使いながら留保をつけ続けるのだろうけど、私たちだって豊かな日本語で言い換えながら、応戦してみせようではないか。

ところで夢でセックスしたことないな

先日、なんか私が、内縁の夫（飲食店経営）が従業員への暴行で逮捕されて、謝罪文をマスコミ各社に送り、押しかける報道陣に向かって、マネージャー的な人とか担当編集者とかに守られながら深々と頭を下げる悲劇の良妻、という役どころの夢を見た（関係ないけど、夢が自分主観の「実体験型」の人と、自分が第三者として見える「鳥瞰《ちょうかん》型」の人といる、とよく聞くけれど、私は自分に都合よく映像が自分の目から見えているものだったり、自分が記者会見しているのを観客側から見ていたり、と入れ替わる「切替型」であると思う)。

私は起きた瞬間には高確率で夢を覚えていて、その後すぐ思い出せなくなる、しかしたまに断片的に覚えている夢もある、という何の変哲もない一般的な夢見る少女なのであるが、今回の夢、名づけて「私、待つわ」内で、私がマスコミに宛てた謝罪文というのは、なかなか感動的で、そしてわりと今でも筆跡含めてよく覚えていたりする。

冒頭はありがちで、この度は皆様にご迷惑とご心配をおかけしてうんぬん……というやつなのだが、末尾がなんとも殊勝で「こんな状況になっても、私は彼を好きでいることがやめられません。どうか、彼が罪を反省し償い、更生するまでここで待っていることを許してください」。ジーン。我ながら、夢の中でもいいオンナである。私と結婚したくなった身長180センチ以上で痩せ型で大阪弁の男性は、幻冬舎宛に履

7―出張ホストのこと。ホストも枕営業はするけど、デリホスはほぼエロ行為のために派遣されるという印象がある。と言ったら怒られそうなので、デートやお話や食事や添い寝で、女を満足させる無店舗型の職業です。やはり、店という枠組みがないから、愛憎劇もなかなかカオスなようで、デリホスのホスラブ掲示板などをのぞくと、客同士の愉快な言い合いが見られる。

歴書と修整前の写真数枚を送ってください（嘘です、多分出版社的に迷惑なのでやめてください）。

＊

私はそもそも大学院時代に当時のカレシに宛てて自分が書いた手紙を、同棲解消する時にうっかり自分の荷物の中に入れてしまい、それをさらに数年後にたまたまうちに泊まりに来た姉御肌の友人に見つけられて、「私だったらこの自己陶酔の極みみたいな紙切れを世間的に公表されるくらいなら、ＡＶでアナルを晒《さら》したほうがまだマシだわ」という、リアクションのとりづらいディスられ方をした、いわゆる「ちょっといいこと言いたい」オンナである。つまり感動的な手紙なんて書き慣れているので（アナルも晒し慣れているが）、夢の中でその能力を発揮したにすぎないのであるが、設定も含めて結構今の私の状況をうまく表している夢だと思う。

夫じゃなくて内縁の夫（↓まだ完全に結婚して籍とか入れたくないけど自分のオトコとして独占したい）、飲食店経営（↓ホストに未練）、従業員に暴行（↓最近、なんかいろいろ炎上してから、オトコに守って欲しい願望が強くなったので喧嘩《けんか》が強いヤンチャものが好き）、そして逮捕（↓好きな人が側にいてくれない）、マスコミ各社に謝罪（↓原稿遅れててごめんなさい）、メディアスクラム内で編集者が防御（↓担当編集者さんに依存）、深々と礼（↓過去も含めて人生いろいろと懺悔《ざんげ》）。そして謝罪文の内容なんだけれども、これは、もう好きでいないほうがいいってわかってるし、あの人はひどい人だしシアワセにしてくれないし、でもいつか変わってくれるって思っちゃうからもうちょっと好きでいたいの、好きになってごめんなさい、である。まぁ、雑な分析ではあるが、別にフロイトは私の本なんか読まないだろうからいいや。

で、何が言いたいのかというと、私は今とても不毛な恋をしていて辛すぎワロリンティーヌな状態で、という話では別になくて（そこは謝罪文の内容でなんとなく察してもらえれば十分）、昔から、よく覚えている夢というのは、自分の巻き込まれている事態とぴたっと一致したのを覚えているから覚えているのかもしれないな、という話です。

会社員だった頃、明日だけはマジで寝過ごすわけにはいかないとか思って寝たら、ちゃんと起きたのに足が痺《しび》れて立てないわ、シーツが足に絡まるわ、ヨーグルトがスーツに垂れるわ、寝過ごしてないのに遅刻しちゃう！と焦る夢見て、なんか私ってすごーくわかりやすい人間なんだな、と凹《へこ》んだのとか覚えてるし。生まれ変わったらカフカになりたい。

＊

小さい頃から、私は怖い夢にうなされるとか、泣きながら起きるとか、そういった経験の記憶がほとんどない。上品だからおねしょとかしないしっ。ただ、1個だけ忘れられない怖い夢があって、それは、通っていた築地の幼稚園のお迎えの時間に、お友達がひとりずつお母さんに連れられて帰っていく場面の夢であった。

知っている男の子や女の子がまだ少しいたので、園舎と向かい側の砂場のほうに行こうと思って走り出すと、急に自分がいる場所から、園舎やお聖堂や砂場の距離が遠くなって、園庭がどんどん広くなって、いたはずの友人たちがどんどん見えなくなっていった。まだ遠くのほうに担任や園長先生の姿はかすかに見えたけれど、そちらの方向に自分が走るスピードよりも、園庭が広くなるスピードが早くて、姿は遠くなるばかり。気づけば園庭は、街みたいになっていて、なんとなく見たことのある焼き鳥屋や交差点が出てきて、私はその街の中を焦って歩いていた。でも、私の家がどこかはわからなくて、よく知っているはずの焼き鳥屋の大将に「おうちがどこかわからない」と言っても何も答えてくれない。記憶をたどって角を曲がっても、あるはずのコンビニや信号がない。

私はその頃、極度の恥ずかしがり屋で怖がりなところをのぞけば、あと若干浅黒くてぽっちゃりしていたことをのぞけば、とりたてて秀でたところも特徴もない4歳児だった。共働きの両親と一緒に、中央区のやや手狭なマンションに暮らしていて、忙しい母はしょっちゅう幼稚園のお迎えが遅れたり、同じマンションに住む別の友人の母親にお迎えを頼んだりしていた。

私は今でも怖がりで、特に知らない街や海外に行くと、あらゆる想像力を駆使してビクビク歩いているのだが、当時はディズニーランドで魅力的なキグルミが近寄ってきては泣き、母がトイレに行って戻るのが遅いと泣き、どんなにパレードに見入ってても、後ろに立っている母がいなくならないか4秒に1回チェックするような、世界と社会に対する不信感だらけの可愛らしくない怖がりだった。

珍しく怖い夢を見て、途方に暮れて目を覚ました4歳の私は、隣で起きだしていた母に、夢の細部を子供ながらに順序立てて話し、何かしらのリアクションを待った。

母は、えー焼き鳥屋がなんで園庭に!?だとか、残ってたのは誰と誰だったの?だとか、普通のリアクションをとりつつ、親切に興味があるふりをして私をなだめた。わりと真剣に話をした私はちょっとした空振り感で、その後も時々そのファンタジックな夢を思い出していた。

小学校5年生の頃、母にもう一度その夢の話をしてみたところ、今度は母はこう言った。「世界は子供にとってとてつもなく狭くて、でも想像できないほど大きくて、しかもどんどん広がっていくからね。子供は変化に敏感で、自分が前提としていたものがちょっとでも変わると、それだけで世界がぐんぐん広がっていくのよ。ぼやっとしていると世界の変化から置いていかれるし、人はいつまでも側にいて味方になってくれるわけじゃないし、束縛されて安住していても、強制的に解放されていくわけだから、なんかいい夢ね」。

私たちはお弁当残すなとか園服着ろとかマリアさまの心とか言ってくる幼稚園から強制的に解放され、カニの観察日記書かされて赤と白のダサい帽子被《かぶ》らされてアーメンとかやらされた小学校から強制的に解放されて、世界は確かにどんどん広がっていったけど、どこの世界にも境界線があって、境界線の中の小さな世界は、私たちにとっていつも手狭であった。

その手狭さを愛したところで、時が来れば強制退去させられて、前より少し大きい、それでもやはり手狭な世界に移動する。私はなんとなく、いくつもの世界を自由に横断することが、広い世界を手に入れることのような気がしていたけれども、別にそうじゃないこともわかった。そして気づけば別に何にも束縛されない成人女性になっていた。

幼稚園の頃見た夢は、当時の、手狭な世界で弁当残すな攻撃にうんざりしていながらも、そこにそれなりに安住していた子供の私よりも、曖昧な境界線しかない昼と夜の世界の中で、スピードになかなか追いつかないし追いつきたくもなくなっている、今の私を言い当てているような気もする。

世界の中心で、ハエが手をすり足をする

「あなたの胸がもう少し小さければ、あなたは人生間違えなかったかもしれないわね」なんて、私のパイオツはクレオパトラの鼻かよって感じの嫌味を言う貧乳の母は、私が家族旅行に持ってきたどのサンドレスも乳の谷間を強調しすぎるという理由で気に入らないようだ。

でも確かに、巨乳ブームにあやかって単体ＡＶ嬢[8]の末席にしがみついていた20歳そこそこの私は、Ｇカップという以外に大した特徴も独特の色気もない、パッとしない夜のオネエチャンだった。顔がイマイチでも乳があれば、頑張りゃ単体デビューさせてもらえる時代だったし、スカウトは吉原の超高級店とか勧めてくれたし、いざとなったらそれでいいやと思って生きてきた気怠《けだる》い人生は、確かに谷間に裏付けされていたような気もする。

かといって、気温34度もあるケアンズの船上で、乳よオマエのせいで私は、なんて気分になりたくもなかったし、ちょっと乳が小さかったところで私の性格が１８０度

違って、企業のCSRに生きがいを見つけたりだとか、綺麗《きれい》になるハーブの調合に凝ったりだとか、インドの女性たちとオリジナル石けんをつくって日本で売ったりだとか、そういうことをしていたとも思えない。それに、私は粘膜は弱いし、太りやすいし、お酒も弱いし、母が思っているほど、夜のオネエサンとしてのスペックが高いから夜に吸い込まれたわけでもなかった。

*

オーストラリアは母の高校時代の留学先でもあり、海が綺麗で暑くてついでに土ボタルが見られる、という父の気まぐれサラダな思いつきで、両親がケアンズにショートステイすることになり、私も後ろの1週間だけ合流することになった。旅行先で無駄にテンションの上がる我が家の旅行は忙《せわ》しなく、さらに南国の夜はセンチメンタルな気分になるのか、母のおしゃべりにも拍車がかかる。

8―自分1人で1本のビデオに出るのが単体女優だとかんちがいしている人が多く、何度も訂正しますが、メーカーとの専属契約を持っているのが単体です。名誉称号のようなものです。

夜ごと「結婚って生活のためなんかじゃなくて、尊敬できるパートナーとタッグを組んで、世のいろいろを乗り越えることだよ」とか、「人に、いいね・上手いね、とかじゃなくて、素晴らしいって思ってもらえるものって、魂を削って欲望を犠牲にしてじゃないと書けないよ」とか、わりとデリケートな名言を吐きながら、ノーブラでタンクトップとか着ている私の服装に文句を垂れていた。

旅行も終盤にさしかかった5日目の夜、父も含めた家族3人で土ボタルを見に山中へ行ってきた。土ボタルなんていう風情ある名前をつけているのは日本語だけで、英語ではglow wormと呼ばれるその正体はハエの幼虫で、確かに目を凝らして谷の斜面を見ると、ところどころがキラキラ光って綺麗なのだけど、成虫になると数日〜1週間で死んでしまうらしい。

しかも成虫って言ったってハエである。そんな、小林一茶くらいにしか同情されない姿になる前に、栄光の幼虫期間があると思うとそれはなんとなくわびしい。別に子供の頃って好きでキラリと光る才能があるわけじゃないのに、ちょっと光ってみせるだけで見物人にキャーキャー言われて、なんか自分は価値ある存在なんじゃなかろうかと思わされて、いざハエになって飛び立ってみれば「汚らわしい」と叩かれる。

＊

そういえば、私たちいつ成虫になったんだっけ、と思う。生理が始まって乳が膨らんできていても、学力テストの結果を気にして体育祭実行委員とかやっていた頃は、確実にまだ幼虫だった。交尾とかするようになっても、女子高生という最強のレッテルで渋谷の雑居ビルで100円のパンツを8000円とかで売っていた頃も、パラパラ[9]のイベントのチケットを純真無垢な後輩に売りさばいていた頃も、幼虫だったからこそキラキラ光っていた。20歳を過ぎてタバコ・お酒が禁止されなくなっても、ムチムチの腕を出したキャバドレスに盛り髪でウーロンハイ薄め[10]でーとか言っていた私は絶対まだ成虫じゃなくて、カメラの前でプリプリの乳を片手で隠しながら性感帯は秘密だよーとか言っていた私もまだハエじゃなかった。

9―私は、「昔ギャルだった」という人に会うと、当時パラパラを何曲踊れたかを聞く。「えー覚えてない」なんて答えてくるヤツは確実にもぐりである。
10―店によるがキャバクラの「薄め」「ロング」とは、もちろんノンアルのことです。それに何千円も払うかどうかは個人の判断でお願いします。

でもなんか大した脱皮も孵化《ふか》もした記憶はないけど、私たちは確実に今は成虫で、ハエで、ただ存在するだけでキラリと光るようなものではない。1週間で死んじゃう土ボタルの成虫は、交尾と産卵のためだけに大人になるようなものだけど、私たちはハエになってからも何十年と生きなきゃいけないので、いくら交尾しようと産卵しようとしまいと、ハエはハエなりにハエのまま生殖以外に何かしら生きる意味みたいなものを見つけて生きていかなきゃいけない。

「子供を産んだ人はみんなね、自分の人生で最も素晴らしいことや意味のあることは子供を産んだことだって言うよ」と相変わらず夏の夜独特の名言を吐く母親に産卵を強く勧められながらも、私は幼虫のキラキラと成虫の生殖の狭間《はざま》で、まあまあ満たされているけど何となく満たされない日常を続ける。帰国した日本はたぶんすごい寒くて気が滅入るのだろうけど、デリケートな幼虫と違ってハエはたくましいので、どうせこの冬だっていろいろ文句は言いながらも、たくましく越えてしまうにきまってる。

でも別に誰に訴えたいわけじゃなけど、色恋系のキャバクラに疲れて一瞬だけ勤めた関内《かんない》のミニクラブで、結構歳はいってるけど背が高くて格好良かったヤクザさんのお客様にバランタインの水割りもらいながら「セリカ（当時の源氏名）は多分永遠にお子様だな」って言われた時、私はなんだかこの心地好い幼虫生活が永遠に続くと思っていた。だけど、私もしっかりハエになったよー、だから自分がいるだけで価値があるとは思わないけど、その代わり別に何の見返りがなくてもオトコに思いやりでもってご飯つくってあげたり、おばあちゃんにたまには電話してあげたり、親が飲むだろうと思って旅行先のコンドミニアムで密《ひそ》かにコーヒー入れたりするようになったよー、と言いたくなった。

＊

あなたももう大人だし家族３人で旅行なんていう機会がこれから何回あるかわからないし、と母が言い始めたのが私が18歳くらいの時で、それ以降、最後の親孝行だと思って、とか、結婚して子供できたらしばらく来れない、とか、親はいつまで生きてるかわからないから、とか、とにかくなんか理由をつけてはよく海外に連行されていた。

でも今回は、母ももうわりと歳だし病気だし、私もそろそろ本格的に結婚とかしたほうがいい歳だし、ほんとうに家族３人は最後かもしれないとお互い思って、昼も夜もわりと一緒に過ごした。でも昨年11月にニューヨークに行った時もそういえばこれが最後かもとか思っていたような気もする。

今月の売り掛けいくら？

深夜に電話が鳴ると、あら愛《いと》しのダーリンかしら、と思うので、そうじゃなかった時の落胆たるや大変なものであるのに、さらに内容が「だから何？」的なものだと、穂村弘じゃなくてもハミガキしぼりきるわよ。

つい先日の深夜1時半、昔指名したことのあるホストから電話がかかってきて、しかも内容がよく行く歌舞伎町の和食屋の味が落ちてててびっくりしたという感想と、最近ホスラブ[11]に同棲疑惑が載って太客[12]が切れたという報告だったので、猫を投げながら聞いていた。で、もう切りたかったのだけれど、そういえば彼の勤めている店は翌日の木曜日が店休日[13]だったので「いいなー明日休みで。私なんて昼間っから週刊誌のど

11―ホストの話題を中心とした掲示板サイト。誰々は性病だとか、誰々の家に行ったとか、誰々は実は嫁がいるとかいう営業妨害でホストに復讐したり、誰々のエース（一番の得意客）は昼職ぶっているけど実は吉原高級店で働いているとか、誰々の客はブスばっかりとかいう悪口で嫌いなかぶり客に嫌がらせしたり、タワー（シャンパンタワー）のオカネが貯まらないとか、鬼出勤しているのに2月は稼げないとかぼやいてストレス発散したりするのが、基本的な使い方。でも、時々「ホス狂いのための替え歌」みたいな板があって、すごいセンスある替え歌の歌詞が投稿されたりしているので、よかったら暇つぶしにどうぞ。

12―ホストクラブは、一見《いちげん》さんや滅多に来ない客からはほとんどお金をとらず、一部の太客と呼ばれる月100万単位で使う客に依存しているという点で、YouTubeに曲をのせているAKBと極めて似たビジネスモデルだと思う。

13―昔は、ホストクラブは夜のオネエサンが自分の仕事が終わった後に飲みに行く需要が主だったため、深夜の時間帯が稼ぎどきであり、店休は女の子のお店も休みが多い日曜日が主流だった。規制が厳しくなり、特に歌舞伎町は深夜1時を過ぎると日の出までは1分たりとも営業できなくなったので、女の子は自分の店が休みの日にのみホストに行くという子が増え、となると日曜日は混雑するため店休日は平日、特に女の子が忙しい木曜や金曜に設定する店が増えている。しかし、深夜営業をやめる→深夜の暗い時間帯に血気と性欲さかんなホストが大量に街に放たれる→枕営業増える・喧嘩も増える・街が汚くなる、ということで、私は深夜規制に断固反対です。言っておくけど、涼美がここまではっきり主張を述べるのなんて年に5回くらいだから。

うでもいい取材が入ってて」とぼやいたら、「いや、考えてみろ。明後日《あさって》が入金日ですよ。入金日前の休日ですよ。売り掛けさんたちをベッドでケアする重労働の日や」となかなか生々しいコメントを頂戴した。

　ホスト好きなオネエサンで、なおかつちゃんとオカネを使う気概あるホス狂いさんたちは、いちいち銀行のATMに寄って店に行くのも面倒だし、大体その日にいくらかかるかも未知数なので、売り掛けで飲んでいる場合が多い。このツケのシステム、銀座のおじさんたちのツケとちょいと様相が違って、別に常連の証《あかし》とかオカネをばらばら払うのが無粋だとかいう意味はあまりなくて、要するに「飲んでから稼げ」なのである。

　これ、結構ホストもドキドキ、客もハラハラなものである。確かに銀座の掛けだってトリッパグレは存在するけど、基本が「飲んでから稼げ」だとすると、風邪ひいたらアウト、お茶ひいたらアウト、みたいなギリギリ感が半端ない。それに、喧嘩してもういい別れるみたいになると、売り掛け払う気なくなったーとか駄々こねる困ったちゃんもいるし、恋愛感情が冷めるとしれっと飛ぶ女の子もいる。

　ただ、多くの良識的なホス子ちゃんたちは、さて、1週間後に90万円用意しなきや！　とかなると、エンジンかかって真面目に出勤しだしたりする。月末から月初めの1週間くらいは金策ウィークである。その働き者ぷりったるや見事なもので、深夜にデリヘル出勤した後、3時間寝てソープ、とか、空いてる時間に客とご飯食べて裏引き、とか、もはやバカバカしいを通りすぎて涙ぐましい。そんな鬼出勤の疲れも、入金日前のご機嫌取りに熱心なホストが必死にベッドで慰安してくれることで癒される……のか？

＊

ところ変わって週末に、久しぶりに母と一緒に母方の実家に遊びに行った。祖母は、内臓系はいたって健康なのだが、昔から膝が弱く、今は私が遊びに行ってもほとんど

14──文字通り、1カ月分の売掛金の入金期限の最終日のこと。多くの店は月末締めなので、翌月の5日とかそれくらいに入金期限を設けており、もしそれまでに回収に失敗すると、売上金額が変更になり、ナンバーも変動する場合あり。入金日にこの掛けを払ったらホスト卒業しよう、あの人のことを忘れよう、とかほざいていても、入金日にキャッシャーで担当に会ったら「にゃーん」とか言ってうっかり入店し、そしてうっかりまた掛けをつくるのが、ホス狂いの可愛いところである。

ソファから立ち上がらず、トイレに行く時には杖《つえ》をついてよろよろと歩くようになった。

結構おカネモチなわりに質素に暮らしていたその家の主、つまり母の父、つまり私の祖父が亡くなって、もう2年以上たつ。祖父は、それはそれは立派なオトコだった。大して学のないその出自を隠しながら、地元政界や金融界で成功し、しかしその権に甘んじず、地元のために私財を投入して歴史の保存や観光振興に努め、しかもどんな偉そうな肩書も後に続く部下たちにすぐ譲っては、自分は極めて質素に暮らした、わかりやすく偉い人だった。そしてそんな立派なオトコにふさわしく、変な浮名は流さず、別に銀座とかにそんなに興味も示さず、真面目な人だった（らしい）。

母は、そんな祖父を「カタブツ」として、ちょっとダサく思っていたようなところがあって、だから軟派な雰囲気の強い、というかホステスとかにちやほやされたらドンペリうぇーいとかやっちゃうタイプの私の父と結婚したのかどうかは知らないけれど、とにかく「いかにも真面目っぽい人って、なんかいまいち興味がわかない」と言って暮らしてきた。

ただ、一度祖父に、ほんとにおばあちゃんと結婚してから何もないの？的な質問をしたところ、「いや、そんなことはない」と言っていたような気がするので、実はワイシャツのポケットからうっかり六本木のクラブの名刺とかを出しちゃううちの父よりも、カタブツおじいちゃんのほうが上手《うわて》だったのかもしれないが、そのあたりは私にはよくわからない。

祖父は、身体が丈夫な人で、85歳で緑内障の手術をするまで、手術というものをしたこともなければ、入院もしたことがない、80歳でハワイ島の秘境で余裕でシュノーケリングとかしてたまたま居合わせた客室乗務員に「すごーい」とか言われた健康体だったのだが、88歳の時にがんが見つかり、そこから、文字通りちょっとずつちょっとずつ痩せて身体が弱り、ちょっとずつちょっとずつ死んでいった。最後の4カ月は病院から自宅に戻り、意識があるのかないのかわからないが、徐々に徐々に弱って、秋口に差し掛かった頃死んだ。

祖父が、その丈夫すぎる身体のせいで私たちに見せてくれた、ゆっくりゆっくりな人間の終末の4カ月、祖母の看病には眼を見張るものがあった。今は膝をいたわりながらよろよろと歩く祖母であるが、祖父の食事を運び、彼のオムツを替え、薬を飲ます時には、誰よりもテキパキ動き、時間があれば祖父の枕元で歌を歌っていた。その姿を、私の母は、「人が自分のためにできることなんて本当に少しなのかも」と表現した。祖父はもう、祖母を気遣うどころか、「ありがとう」とか「ご苦労様」とかいう言葉を発することもなかった。

＊

冒頭のホストくんが、入金日前の休日に、どれだけ太客売り掛けさんたちにベッドで頑張ったのかは知らないし知りたくもないけれど、彼女たちはもしかしたら、別に彼からのベッドでのプレゼントを励みに鬼出勤ができるわけでもないのかもしれない、と思った。

人が本気で能力以上のちからを出せるのって、自分の快楽とか欲求のためじゃなくて、具体的な誰かのために、っていう時だけなのかもしれない。なんか、中島美嘉の歌の「誰かのために何かを～♪」ってところを口ずさみながら、ホス狂いちゃんたちを想い、私の気怠い3月は幕を開けた。

レインボーブリッジを風化せよ

不動産仲介業者というのは、なかなかやり手の営業マンを取り揃えていて、ターゲットである入居者に対し、その物件の魅力をポテンシャル以上に、欠陥を最小限に伝えることで、なんかこの家住んだらいい生活ができるような気がする、という気分にさせてくれる。しかも、できる営業マンほど、その伝え方はさり気なく自然で、ここはいいですよーお得ですよーなんていう野暮なことは言わない。

19歳で初めて自分の部屋を借りた頃の私は、その不動産屋の強かさについてまったく無知で、呼び出されるがままにその桜木町から関内に向う途中の物件の前に、夏の遅めの夕方に到着した。「この季節の夕方って、なんかいいですよね」なんて呑気《のんき》に話していた私に、こんな飲み屋街の裏手の通りは、真夏の昼間なんて腐敗臭がして、夜は酔っ払いの息が酒臭くてどこからともなくカラオケが聞こえるなんていう知識はなかったし、あえて夕方に私を呼び出した目の前の不動産屋の眼鏡のお兄さんのやり手っぷりなんて気づきもしなかった。

私はどうしてもその日中に部屋を決める必要に迫られていた。淵野辺《ふちのべ》にある某一流大生のミナコの部屋に居候していたけれど、ちょうどそんなタイミングで1歳年上のミナコの彼氏が大学にまともに来るようになり、ということは淵野辺にある彼女の家に泊まりたいわけで、優しい彼女はそんな態度はおくびにも出さなかったけど、私に出て行って欲しいのは明らかだった。

私も、高校時代に盗んだチャリで走りだす仲間だった親友とはいえ、1週間1万円で置いてもらっている身としては、なんとなく肩身の狭い生活が嫌だった。どういう肩身の狭さかというと、私は当時、買い物狂いが止まらず、毎日ピンキーアンドダイアンとかプライベートトレーベルとかクイーンズコートの袋を提げて彼女の家に帰り、ちょっと景気良く稼げた日にはヴィトンとかディオールの袋まで提げていることもあって、優しい彼女はそんな態度はほとんど出さなかったけど、「オマエそんな買い物してる暇と金があるならとっとと独立しやがれ」と思われているのは明らかだった。

＊

そんなわけで関内の飲み屋街が始まる弁天通りの1つ隣の道にあるマンションの、

6畳の部屋を借りて、私は初めて独立した。その後、32歳になるまで10回以上引っ越して、今では不動産屋の強かさの裏を読む技術を身につけたんだけど、その話は結構どうでもよくて、結局2年間住んだ関内のその部屋には3人の友人が入れ替わり立ち替わり居候しにきて、シングルベッドにぎゅうぎゅう寝ながら、夢とお前抱くでもなく涙拭くでもなく、くだらないこと（ワイドショーでデーブ・スペクターがくだらないダジャレ言ったとかそういうこと）でふたりで笑いあっていた。

最初にしょっちゅう泊まりにくるようになったのは、今でも私の親友であるケイコで、このケイコはその後、一流企業に勤めたかと思ったらいきなりホス狂いになって売り掛け返すためにデリ嬢になって今は一部じゃ裏ッぴきの女王なんて呼ばれているんだけれど、その頃はまだ一流企業でも風俗でも働いていなくて、ホスクラにも出入りはしていなくて、でもなんか大学の授業とかサークルとかに埋もれてきらついてるタイプでもなくて、なんか時々渋谷とか横浜の居酒屋やカラオケで破滅的に飲みながら、結構どうでもいい男とセックスしたり、彼氏と旅行行く直前に別れたり、早稲田の体育会のオトコを食い散らかしたりしていた。

彼女は私より恋愛経験もセックスの経験人数も豊富で、それも全部無料で（当時は）、なんかの義務感にせきたてられるように、カウンターを伸ばしているようにも見えた。私の部屋で、身長187センチのラガーマンとヤったらチンコが親指くらいだったとか、元カレとよりを戻したくて元カレと同じ部活の男友達に相談乗ってもらうために呼び出したらうっかりヤッチャッタとか、アメフト部とラグビー部と野球部は手を出したから次はサッカー部狙いたいとかいう話を、うまい棒とかまるごとバナナとか食べながら屈託なくしていた。

彼女にとっても私にとっても、大学生なんていうバクっとした普通の括《くく》りじゃ、日常は退屈だし身体は持て余すし話題も貧困だった。歌広場の安いサワーとか飲みながら話して夜を明かせる話題を探していた。

ケイコはそれなりに気持ちよく明確に友達よりオトコをとるタイプだったので、わりと盛り上がっている新しい彼氏とかできて、なんとなく関内の家にはあんまり来なくなった。ちょうどそれと入れ替わりに、淵野辺で私を投宿させてくれていたはずのミナコがうちに上がり込むようになった。

ミナコは、あの、私を間接的に追いだした彼氏によって、なぜかその後1週間の軟禁被害にあって、なんか怖くなったという理由で淵野辺の家を引き払っていた。それになんか高校時代、誰より頭良くて誰よりギャルくて誰より性的にも進んでて誰よりパラパラ踊れたカリスマギャルだったミナコは、大学に入ってからというもの、いまいちぱっとしない地味な服を着て、いろんなことでいちいち過食嘔吐《おうと》とかするようになっていた。

ミナコはうちのそのシャ乱Qベッドで、無印良品の布団にぐるぐるくるまりながら、家族の不満とか彼氏への恨みとか、映画サークルの愚痴とかをとうとうと語っていた。ギャルい時代、彼女の口調はもっと尖《とが》っていて攻撃的で、女子高の制服を突き破らんばかりに体力と不満が弾けそうだった。高校を退学して制服を脱いだ彼女の不満はダダ漏れで、頭の良さに甘んじて大検とって某一流大に入ってみたものの、彼女も私と同じように、身体を持て余していた。

だけどたまにミナコと横浜駅周辺のキャバクラに体験入店に行って小銭を稼いでいる間、私たちは確実に持て余した身体の置き場を数時間だけ確保して、そういう日は一緒に関内の家に帰っても、テレビとかつけずに客の悪口とか去年のM-1の麒麟《きりん》のネタとかで笑いまくっていた。お腹《なか》が減ると関内のジョナサンに遠征して、そこでもガラガラの店内に響き渡る声で、私たちは麒麟のネタで笑いあった。

*

ミナコの摂食とかパニックとかはわりとキャバ体入ではごまかせないレベルになっていって、実家にこもりがちになった。私は、自分の勤めていたキャバクラの女の子たちとも仲良かったけれど、何の利害関係もなくはしゃげるミナコがいなくなったのは寂しかった。私が勤めていたのとは逆方面にあるキャバクラから、その時まさに川崎のソープ嬢に転身しようとしていたマリに、一時的な宿を提供したのもそのせいじゃないとは言い切れなかった。そもそもマリとはそこまで仲が良くなかった。担当ホストの言いなりの彼女に、私はイライラすることのほうが多かった。お財布がだらしなくて、すぐに掛け漏れ[15]するようなところも嫌いだった。

でも、私たちは週に1~2回、急に仲良くなって、ホスクラの売り掛けとかキャバの同伴ノルマとか大学の試験とか彼氏の浮気とか全部忘れて遊び呆《ほう》けることがあった。一度、マリの担当ホストの汚いセルシオを借りて、「レインボーブリッジでも見に行こう」と勇んでカーナビをセットして走り出したら、間違えて伊勢佐木町の先にあるカラオケ店「レインボーブリッジ」に到着したり、そこで車止めて爆笑していたら後ろから8並びのシーマにクラクション鳴らされたり、で、焦ってまた車走らせてようやっとお台場までついたらもうマックくらいしかやってなくて、仕方なくそんなに飲みたくないシェイク飲んで、私が「ハルキ（当時の彼氏と思われる人、スカウト↓ホスト↓スカウトと転職）と買い物行ったら、向こうのカードが切れなくて、後で返すからとりあえずお前のカードで払っといてくれるって言うからカード切ったけど、キャッシュカードなくしたとかでまだ返ってこないんだよね」という聞くも涙語るも涙の愚痴をこぼしたりしていた。

レインボーブリッジからの景色を堪能するほど私たちは運転に慣れていなくて、しかもお金も毎月カツカツで、キャバ嬢メイクもまだいまいち下手《へた》で、何も出来上がってなくて将来性もなかったんだけど、そういうこととか別に大丈夫、と思えるほど、お台場の暗がりのベンチで笑いあった。私は次の週には語学の試験があって、いまい

15―ホストクラブの売り掛け制度で、ひと月に使った金額を入金日までに支払えないこと。担当ホストがこっそり肩代わりする場合もあるが、大抵のホストはそんなにお金を持っていないので、未収金として担当の給料等から引かれたり、店への借金になったりする。そうならないためにホストは売り掛けのある客に対して、入金日前はとにかく優しくなったり逆にオラオラしたりする。

ち出勤できていなかったから店のノルマも達成していなくて、マリの売り掛けは100万円以上未収だったけど、別にそういうものからは、逃げようと思えば逃げられる気がした。

そもそも私がミナコの家に投宿していたのは、母親とのどうにもならないこじれた仲を一旦整理したかったからだった。私が家を出る前の日、ちょっとしたことで家族喧嘩になって、母は強い口調で、「私の愛してるあなたのパパを傷つけるようなことをするあんたのことを私は許さない」と私に言った。私はとにかく、実家から逃げ出したかった。

レインボーブリッジを渡ったあの時の無敵な気持ちは、そういう今後の人生でかたをつけなきゃならないいろいろを、全部一時停止して棚上げできるものだった。私は今でもあの夜が忘れられなくて、用事があってお台場方面に行く度に、夜の橋でそういう気分になれるか試す。だけど不安が少なくなった代わりに心配が多くなった私には、とてもそんな無敵感はない。

そう言えば、あの夜の後、父親から手紙が届いて「お前がいなくなってから、蜜柑《みかん》買う量が減って寂しい、蜜柑売り場に行くのが辛いと言っていたよ」という文を読んで、その1カ月後に私は母親に電話をかけたんだった。あの時みたいに、せめて1カ月くらいは、対峙《たいじ》しなきゃいけないものから逃げられる場所が欲しいなとやっぱり思う。

Ⅱ　母たちと娘たち

わりと残酷な血縁の正月

まりをつくわけでもおいばねつくわけでも、もちろん餅をつくわけでもなく、1日の朝食を父の実家で食べて、2日の夕飯を母の実家で食べるという30年続いている行事を除けば、東京ギャルの私の正月は極めてわびしい。マルキューの福袋は2007年くらいまでに一生分買ったし、明治神宮の初詣も一生分祈ったし、お正月って六本木とか歌舞伎町とか空《す》いてて逆に新鮮よねとか言いながらする散策も一生分歩いたし。

＊

西のほうに里帰りをしている（という名目で会えない）カレシからいまいち連絡がこないので、このあふれるストレスと時間をどうやって消化しようかと、姉貴分のホステスであるレイコさんに電話をかけた。「賞金に目が眩《くら》んで31日から4日まで鬼出勤してるのよ」との返事。レイコさんの勤めるキャバクラ[16]が、今年は年末年始に営業することになったらしく、キャスト確保のため、正月期間中に出勤できる者には、給料とは別に2万円の賞金が出るのだという。

普段は実家から送られる無料フードで生き延び、週に2〜3日働けばいいくらいの「働かない虫」のレイコさんが、私がクソ暇な時に限ってクソ忙しくしていることを残念に思いながら、私は正月以降の予定を聞いて電話を切った。「母親にさ、今年は仕事あるから正月はずらして5日頃帰るよって言ったら、餅は残しておくけどおせちはないねーと。なんかあんまり寂しがってくれなかったわ」

鬼出勤のレイコさんが遊んでくれないので、1年のうちこの時期だけ平和で愛らしい歌舞伎町を通り、親友のマオの家に遊びに行った。マオは平成生まれのホストと同棲中だが、そのカレシも里帰り中（という名目で家にいない）というので、私はモエのロゼとソウルマッコリとチーカマとキットカットを持参し、マオが冷蔵庫に保管し

16—キャバクラというのはあくまでその店が採用しているシステムでもってクラブやスナックと差別化されるのであって、別に必ずしも若い子が働いているわけではない。しかしレイコさんが働く吉祥寺のお姉さん系（半熟女系）キャバクラの平均年齢が私より若かったので、ショックすぎて冬眠したい。

ていたどこぞのホストクラブのオリシャン[17]とテキーラを振る舞ってくれたので、あふれるストレスと時間をそれなりに誤魔化せるくらいに、私たちは引きこもってしゃべり続けた。

しゃべっていた内容は、放送コードに引っかかるものと、放送コードには引っかからないけれども「シラフなう」な私の倫理コードに引っかかるものばかりなので省略するが、3日の夜になった頃、マオの携帯に、マオの母親のマサコからメールが入った。マサコと私はそれなりに知った仲で、以前マオが私の白いコートの上に、一度胃の中で消化しかけたテキーラと鏡月をぶちまけた時には、私の家にマオと一緒に来て食事を作ってくれた上に、クリーニング代まで置いていってくれた。マオが高校時代に実家の自室でカレシとセーフ・セックスに勤《いそ》しんでいた頃は、ベッドの柵に引っかかった使用済みコンドームの掃除をしていた強者である。「お正月、来てくれて嬉《うれ》しかった！　仕事頑張れ[18]」。月収200万円程度のマオの主な収入は、かつての高級風俗店の客からの直引きなのであって、まあマサコは直引き頑張れと思っているわけではないのだろうが、そこはそれほど深くつっこまなかった。三が日だし。

＊

４日の夕方、マオの同棲相手が戻ってくるタイミングで私はずるずると東新宿の彼女の家を後にし、なんかそのまま自宅に戻るには中途半端な時間だったので、恵比寿に住む元カレに「すっぴんだけど遊んで」ってＬＩＮＥ送ったら「すっぴんなら助手席は乗らないで」って返ってきて新年早々体力のいる喧嘩を電話ごしにした後、結局そのまま自宅に戻ってきた。充電の切れた携帯を充電器につなぐと、私が東京の姉と慕うマコねえさんから即座に着信、「お年玉現金でもらうのは気がひけるからさー、母親に頼んでSuicaに２万円入れてもらったわ」という報告をしてもらった。その

17―ホストのバースデーやお店の周年イベントなどで作られるオリジナルのシャンパンのこと。大体どこの店でも10万円が相場。シャンパンとは名ばかり、質の悪いスパークリング酒で多くの場合まずい上に悪酔いする。バースデーのホストの顔写真などがラベルに印刷されていて、お店で飲んで記念に瓶を持ち帰る娘もおり、そのホストと別れる時に思いっきりかち割るとちょっと気分が晴れる。

18―風俗店や水商売の店を通さず、客から直接オカネをもらってオショックス（お食事やセックス）などをすること。月極で50万円などをもらう愛人契約型と、オショックス１回10万円などの単発型の２型が主流。

Suicaを使ってタバコを2カートン買い、さきほど世田谷区内の自宅に戻ってきたという、35歳自営業マコの正月であった。

レイコさんは無料フードが届く度に、母親に可愛らしい手紙を書き、経済的に自立していない母親が父親と喧嘩している際には2週間、自分の家に招き入れた。マオは母親が趣味でやっている陶芸作品の写真や小さい成果物を私や友達に自慢気に見せる。マコねえさんは、中の布がびりびりになったヴィトンのバッグを母親にカエル柄の布で補修してもらい、それを愛用している。

いくつになっても、経験人数が100人超えても、店の売り上げが100万円超えても、もらったティファニーが100個を超えても、私たちオンナはママの娘で、ママの前では可愛くて、でも大きくなったから、可愛い娘は可愛い娘なりのやり方で、ママを守ってもかばってもあげる。

でもいくつになってもオンナは裏切り者だ。母ちゃんが夜なべしておせちつくってる間に鬼出勤の34歳の娘は客にドリンクねだってるし、母ちゃんが夜なべして陶芸した茶碗は父親ではない「パパ」に「これ私が趣味で作ったの」と紹介されてるし、母ちゃんが夜なべして入金したSuicaのおかげでタバコ代うかしてその数千円はホスクラの初回料金にされてるし。なぜか私たちは引き裂かれるような矛盾をけっこう軽々と体現できてしまう。母の幸福のためなら何でもできるような気になりながら、息をするだけで母を傷つける。ああ娘はなんて強かで親不孝で、母親はなんて無垢なのか。

いや、これは強かな娘とナイーブな母親の話かというとそうでもない。娘の行動に悩むふりをして、娘に傷つくふりをして、彼女たちは本当に無垢なまま傷ついているのだろうか。例外なく元娘である母親たちは、Suicaにお金入れたり、コンドーム掃除したりしながら、私たちのちょっとした恥や逸脱を見透かして達観してそれでも答えを見せずにお前はどう生きるかと問いかけているのかもしれない。あるいは愚かな娘の愚かさの行く末を楽しみに待っているかもしれない。それは私にはわからない。母は元娘だけれども、私たちは今のところ娘でしかない。

自宅へ帰ってきて録画したロンハーの総集編を流し見ながら、サトウのごはんに味ぽんかけて食べていた私のもとに母からメールが届いた。おばあちゃんちにマフラー忘れたでしょうとか、いつか貸した萩尾望都の漫画を来月までに返してとかいう事務連絡の狭間の一文に、なんだか気味悪くスタートした新年だった。

「高いハシゴの上で裸で踊っているあなたを、いつか落ちるとわかっているあなたを、私はこれまでもこれからも、クビに輪をかけて家に連れ戻すようなことはできないのです」。

おふくろさんよ、テキーラ飲もう

1月のそれはそれは寒い平日、それなりに仲の良いナナちゃんに、多分知り合ってから14回目くらいの「一生のお願い」と言われて（ちなみに13回目は「元カレに鍵を返すからついてきて」だった。ちなみに12回目は「車を買ったのをお母さんにバレたくないから涼美ちゃんから譲り受けたってことで口裏合わせて」だった）、歌舞伎町の最近わりと勢いのある某グループのホスクラに行ってきた。別にホスクラくらい、一生のお願いじゃなくても行く私であるが、その店に関して言うと私はすでに初回で入店できる制限回数[19]を使い切っていたので、渋々適当なホストを指名して「私、付き合いですから！」という顔を崩さずに行かねばならなかった（シャンパンとか煽《あお》られたくないし、営業LINEが毎日来てもウザい)。

ナナちゃんというのは背が低くて髪の毛が明るい31歳職業愛人(時々デリ嬢)で、別に彼女の人となりにそんなに誰も興味はないと思うのだけど、もうひとつ言うとそんな彼女の趣味は、売れてないホストの極太一本釣りエースになってそいつを幹部にのし上がらせることである。ホストが客を高額を使う太客にすることを「育て」と言うが、彼女の場合は逆で、新人ホストを幹部に育てるのが何よりも好きらしい。

彼女とは何度か一緒にホスクラの初回を荒らしたことはあるが、30歳前後の完成度の高いホスト以外には特に興味のない私と真逆に、幹部ホストには目もくれず、売れていない「原石」を見つけるのにせわしなかった。幹部のベテランなんて擦れてて嫌だ! と、なんか風俗嬢に処女性を求めるファンタジー・オヤジみたいなことを口走り、彼女の言葉を借りれば「汚れてない」ホストを物色するのである。で、当然のご

19―ホストクラブというのは、「一見さん大歓迎!」というシステムで、初めて店を訪れる客には500円~5000円程度の低額飲み放題のコースが設定されている。初回っていうくらいだから、普通はその料金で飲めるのは1回なんだけど、最近の店はなんとか常連客を摑もうと、指名したいホストが決まらない場合、3回までは初回料金でフリーで来店できる、みたいな謎なシステムを設定しているところも多い。

とく現在も、新人時代からかれこれ1年近く投資を続けて、立派な人気幹部に育った担当ホストであるスバルくん（仮名）とよろしくやっている。

で、そのナナちゃん、なんで私に一生のお願い（しかも14回目）まで使って彼女の通うホスクラに来て欲しがったのか。その日はスバルくんが「幹部補佐」から「主任[20]」に昇格することを祝う、彼にとっては2度目の昇格イベント[21]であった。彼のイベントと言えば、これまでは必ずナナちゃんの出番、メインのタワー[22]を務めていた。しかし、昨年末には誕生日イベントや店の周年イベントで散財したナナちゃんに、今回もタワーを引き受ける余力はなく、対してスバルくんは、肩書も手伝って、最近はナナちゃん以外にもそれなりにオカネを使ってくれるお客さんができたご様子。そこで、今回のイベントでは初めて、ナナちゃんではない女性客がメインのタワーを担当、ナナちゃんは普通にシャンパンを空ける程度にしたのだという。

「初めて私以外の人がメインなんだよ?!　やだやだ泣いちゃう、見たくないマイク[23]聞きたくないその場にいたくないーー！」とナナちゃんは言った。じゃあ行かなきゃいいんだけど、そこはホス狂いの面倒くさいところで、なんか知らないけど行かないわけにはいかないらしい。結局、彼女はウェイウェイうるさい飲み友達の私を連れてイベントに行き、テキーラでもしばきながら気を紛らわし、ストレスの高い時間（すな

20―ホストクラブのキャストは、売り上げの成績によって、幹部の役職を与えられる。「リーダー」「ホスト長」のようなしょぼめの称号から、「幹部補佐」「主任」「代表」などの役職に昇格していくことが、一応彼らの出世街道である。しかし「取締役」とか「部長」とか「支配人」とか、あとはよくベテランに付いている「アドバイザー」といった役職とか、どれが偉いのかパッと見よくわからない。

21―ホストクラブでは、何かにかこつけて頻繁にイベントを開催し、お祝いのシャンパンで売り上げを伸ばす風習がある。誕生日、昇格など個人の祝い事のイベントのほかにも、お店の○周年、七夕イベント、コスプレイベント、社員旅行のお土産もらえるイベントなど、月に数回は煽られる日が設定されている店がほとんどで、オリジナルのVTRを流したり、店内を装飾したりする。イベント好きな客もいるが、基本的には会計が高額になるため、恐れて行かない客も多い。

22―ホストの個人イベントでは、大抵エースと呼ばれる、彼の客の中で最もオカネを使う客がシャンパンタワーをするのが慣習である。タワーの段数とシャンパンの種類で値段が決まるが、歌舞伎町のタワーは安くて100万円、高いと500万円以上のものもある。

23―ホスクラと言えばシャンパンコール。多くのホスクラが独自のコールを開発・練習するのだが、コールの最中に、シャンパンを入れた客にマイクをふる。。客は大抵「おめでとう」「今日もかっこいい」くらいでお茶を濁すのだが、プライバシーが守られるホスクラで唯一自分の存在を他客にアピールできる機会なので、たまに変なことを言ったり泣いたりする子もいる。

わちタワーのマイクが始まる時間）などはタワー客の悪口を思う存分言うという作戦に出た。そんな時のための歌舞伎町仲間である。私は半分はヤジウマ精神、半分は優しさのバファリン的な気持ちで、２万円くらいを握りしめて彼女の行きつけの店へ行き、若干エグい悪口を肴《さかな》にテキーラをしばく役目をこなしたのである。

ただ、私も一介のホスト好きのオネエサンとして、彼女の気持ちがわからないでもない。無論、私は完成度の高い、売り上げの心配のないベテランホストが好きだけれども、それでも、やっぱり頼りにされたら嬉しいし、私が彼の一番、と思っていないとやりきれない夜もあった。本人も最近仕事うまくいってるし、私だって、本当によかったなって思う。本人も最近仕事うまくいって喜んでるし、私だって、毎回毎回、店のイベントからクリスマスから締め日から頼られてたんじゃ大変だし」と彼女は冷静を装って言う。しかし、これまで彼女だけを頼りにしていた彼が、徐々に彼女の手を離れ、他のお客さんを摑んで自らの足で歩いて行く。この複雑さは、テキーラごときでやり過ごせる類のものではない。

＊

考えてみれば、この手離れの複雑な感じ、を私たちは何度、親に味わわせてきたのだろう。「初めてママ以外の人とディズニーに行くんだよ」「初めてママ以外の人に料理食べさせるんだよ」「初めてママ以外の人の前で泣くんだよ」「初めてママじゃない人が私のパンツ脱がせるんだよ」。やだやだママ泣いちゃう状態である。

しかし、ママだって、自分ひとりだけが一生私たちの人生の「大切な頼りになる人」でありたいわけではないし、自分以外の人間と関係を築いて欲しいと心の底から思ってるであろうことくらい、私たちにだって想像がつく。それはナナちゃんがホス狂い的老婆心で、スバルが売れてよかった、と思う気持ちと同じくらいには真実である。しかし、ナナちゃんがテキーラと飲み友達と悪口でなんとか飲み込んだのと同じくらいには、見たくない聞きたくない複雑な感情だってあるはずだ。

イベントの後、スバルくんはなんと、酔っ払ったという理由でタワー客とのアフターを断り、ブラックホールで肉食ってたナナのところに戻ってきた。テキーラで脳みそがとけていたナナちゃんは、なんかよくわかんないけど嬉しそうで、まだ好物の青ネギ飯が食べかけの私を放置し、ふたりで仲良く帰り支度を始めた。

一応ホス狂いの心得くらいはある涼美婆[24]さんは、空気を読まずにちらっとスバルくんに「さすがにタワー頼んだ子と今日くらいはアフターしないでいいの？」と聞いた。スバルくんは、まずナナに「酔っ払ってやっぱりナナに会いたいから帰ってきちゃったー」と言ってキュン死させ、その後私にこう言った。「確かに昇格を一番盛大に祝ってくれたのはあの娘だけど、でも昇格させてくれたのはナナだから」。あまりに出来杉君な彼の回答に私がなんかムカついていると「そもそもナナが頑張ってくれなかったらホスト続けられなかったし、今までどんなに感謝してるか、忘れたと思われたくない」とさらに出来杉君な答えが返ってきた。

弱冠23歳のスバルの発言はやや優等にすぎるが、それでも私たちは、自分が新しい世界に出会う度に、誰かに複雑な思いをさせていることには自覚的であるべきだ。いつまでも親に頼ってられるわけないし、自立するのが圧倒的に正しいんだし、ちゃんと愛する人を見つけて新しい人間関係をつくっていかなくてはいけないのも間違いなく真実。でもそういう時に、これまではこれ全部ママがやってくれてたなって思い出してあげることが、そしてそう思い出していることを何かしらの方法で伝え続けることができたら、ママの複雑な思いを、少なくともテキーラよりは確実に、流してあげられたのかな、と思った。

と、ここまで書いて思ったけど、皆様どうかスバルくんの美談については忘れてください。ホストは基本的に、使わせた金に対してはサラッと忘れる生き物で、サラッと忘れられるホストほど、成功してたりするものだから。

涙こらえて編んでるうちが華

私は基本的に超夜型レディであります。たとえ丸一日休みで、今日はゆっくり原稿でも書こうとか思っていても、大体パソコンのＹｏｕＴｕｂｅとメルカリ[25]以外をいじ

24―店にもよるが、ホスクラが若い風俗嬢の遊び場になって久しく、ホスト専門掲示板サイト「ホスラブ」など見ると、30代は激しく婆呼ばわりされる。まあガリガリじゃなければデブ、藤原紀香級美女じゃなければブス、10代じゃなければ婆と呼ぶのがホスラブの醍醐《だいご》味《み》ではあるものの。

25―言わずと知れたネットフリマアプリ。不要なものをそれなりの価格で処分できてありがたいのだが、客層の悪さもこれまたすごくて、ギャル文字・値切り・バックレのオンパレードである。私はオッサンじゃないので、ギャル文字でねだられても値切る気にはならない。

り出すのは基本的にてっぺん過ぎ、本格的に頭が動き出すのは午前2時くらい（というか基本的に脳内お花畑な上にぼやーっと生きてる私は、その時間帯くらいしかまともに物事を考えたりしてないようで、昨日も新宿ルミネで買った服をタクシーの中に忘れて、しかもそれに今日になって気づきました）。で、仕事始めるのが大体午前1時過ぎとなると、例えば2400字の原稿とかも、書き上げてチェックも終わる頃には外が明るかったりする。

＊

で、この午前2時とか3時とか、私の頭がようやく人並みに動き出す時間帯であるが、必要なことには最低限しか威力を発揮しない私の脳が、不必要な、というか、発揮しないほうがいいことに期待以上の働きをみせる時間帯でもある。

今あの人何してるんだろう誰か他のオンナといるのかなそういえばこないだ不審なオンナから電話かかってきてたしさてはあのオンナといるのだな！　大体電話するっていってかかってこないしムカつくぜ嫌味なＬＩＮＥでも送ってしまえガハハハ、とか。この間しっかり別れ話したけど実はなんか誤解が誤解を生んでとんでもないことしちゃったのかもしれない私から別れるとか言ったけどやっぱり離れるの無理かもしれない！　というか、ゴミみたいな扱いされるのが嫌すぎて別れたけどそもそもそこまでひどい扱いされてなかったような気がしてきた！　よし、下手《したて》に出るメール送って仲直りしてもらおう、とか。

ま、夜中と早朝の狭間の時間、いわば冷静と混乱の間、そこにあるのは部屋と猥雑《わいざつ》な私、変なテンションになったり病んだりするのなんて女のたしなみですよね。ということで、私は金曜日の深夜にカレシに「全部忘れますさよなら」という一文を含む、iPhoneの画面で2スクロールくらいの長いＬＩＮＥを送りつけ、月曜の深夜に「やっぱり忘れられない！　愛してる！」という内容にシナモンと蜂蜜加えて3日間コトコト煎じたようなやはり2スクロール分のＬＩＮＥを送ったんだけど、別に私は痛いメンヘラ女じゃないから。

＊

ただし、猥雑な自分の混乱は許せても、人の混乱はわりと鼻につくもしくは笑けてしょうがない、というのもまた真実。最近、私の親友男子（30代子持ち）のところに連続で深夜2時に送られてきたＬＩＮＥを見て、イライラしながら失笑してしまった。

　送り主はその子持ち男子とは数回会っただけの仲である高知県に住む主婦（50代）である。最初の攻撃は昨年12月、娘がどうやら風俗の仕事で関西に出稼ぎに行ったという内容だった。「あの子が自分の道を自分で探し、しっかりとした仕事について自立するまでじっと待とうと思います」という健気《けなげ》な母親の顔が登場。次のＬＩＮＥは12月半ば、今度は関西にいる娘のカレシがホストという新展開。「あんな男何がいいのでしょう？　連れ戻しに行くべきでしょうか？」とやや前のめりに。

　次は1月初旬、娘が地元高知で住んでいたマンションの家賃を滞らせたまま関西移住したことが発覚。「すべてを放棄してあの子は何をやっているのでしょうか。こうやって待っているのが馬鹿らしくなってきました」とすでに音を上げる。続いて1月中旬、娘の携帯が不通に。「もう私には待っていることしかできません。どうか早く娘が戻ってきますように」再び健気。続くも1月中旬、娘の勤めるデリヘルの店名が判明。「今からチケットをネットでとって迎えに行きます」と暴走。極めつけはつい先日、無理やり連れ戻した娘と同居中。「朝から何もせずスマホをいじっています。いらいらしてしょうがない。早く家から出て行ってくれないか、と考えます」。

深夜に思考が3回転半することはわかっているが、現実の行動を伴う判断を深夜にするのは結構まずい。思い立ったが吉日状態で連れ戻された娘は、現在穀潰《ごくつぶ》し扱いである。これならカスなホスト、略してカストのカレシのご飯でもつくって、デリヘル客から裏引きでもしてせっせと飲み代を稼いでいたほうが充実していたかもしれない。いや、まあデリヘルもそんなに儲からないだろうし、性病その他のことを考えれば家でブツブツ言われながらスマホいじってるほうが安らいでるとも言えるのだが。

いずれにせよ、歓迎されるかと思って引き連れられた先に待っていたのが母のいらつきとはちょっと不憫《ふびん》だ。母の混乱は娘の混乱を呼び、着てはもらえぬセーターは着れる距離に戻るとサイズが合わなかったり肌心地悪かったりと何かと不具合があるらしい。

いろいろ考えると、やっぱり人間早寝早起きでいるべきである。

壊れかけの結婚願望

あんた早く結婚しなさいよ、なんていうのは27歳以上の独身娘に母親が言うにはってても言わなくてもどっちでもいいようなものだし、だから言「元気?」とか「お皿洗っておいて」に近い気軽な挨拶みたいなものだし、だから言ってても言わなくてもどっちでもいいようなことなわけで、それを、言っても言わなくてもどっちでもいいようなことを言うのが嫌いな私の母が言うのは、考えてみればちょっと意外だ。というか、そういう常套《じようとう》挨拶みたいなのが好きじゃない人が言うと、なんか常套挨拶を言う苦痛と戦ってでもこれだけは言わなきゃいけない、みたいなマジな感じがして怖い。

29歳あたりから、存命のふたりの祖母は口を酸っぱくするとはまさにこういう事態なのだなぁと納得してしまうほどしょっちゅう、「ミミちゃんに早くいい人ができないかしらね」と言うようになった（ちなみにミミちゃんというのは私の小さい頃の親族間での呼び名で、変形型としてミンミン、ミミンコ、ミコピなどもあるけれども、今後も親族以外の人間がにやけ顔でその名を口にしようものなら私は躊躇《ちゆうちよ》なくそいつを埋める）。そして30歳を過ぎた頃から、今度は母が堰《せき》を切ったようにとはまさにこういう事態なのかしら？いやちょっと違うかもしれないけれどもとりあえずなんだか急に「結婚しなさい」と、なんのひねりもなく口に出し始めた。

で、ステレオタイプを嫌う、面倒くさい70年代体質の母がそれでも口に出すくらいだから、本当に結婚とかってしたほうがいいんじゃないか、と思ってしまうのが私の素直なところである。そしてステレオタイプを恐れない、流されやすい90年代体質の私は、「結婚てなんだろう」「恋愛と何が違う？」と、27歳以上の独身オンナが問うには「なぜ人を殺してはいけないか」「なぜ売春は犯罪なのか」と同じように、考えるに値しないことはないけど少なくとも答えは出ない問いを夜な夜な自分に問うている。

＊

無秩序に見える夜の世界でも秩序を求める女の子はいて、そういう子はすでにどこかに嫁いでいったり、あるいはたまたまそんなめぐり合わせがなかった場合も嫁入りに備えた動きをしている。

アイは私と同じいわゆる学歴系キャバ嬢で、しかも顔は香里奈に似ている正真正銘の美人（対義語に雰囲気美人）だったし、嫌味なことにお酒も強いわトークも冴えるわで、別に彼女が望んでなかろうが、一流の夜のオネエサン花道の真ん中を堂々と歩いていけるスペックのオンナだった。ただし、緩さをアイデンティティの根幹に置く夜のオネエサン界において、彼女はそれをいたく嫌い、常にただそうとしていた。

あまり一緒に働いたことはないが、一瞬だけ彼女の在籍する新横浜のキャバクラに私が身を寄せていたことがあって、お互いアフターなどの予定がない時には、送りの車で一緒に私の家に帰った。家につくと彼女は、カップ味噌汁に納豆を入れる独自の健康食を食しながら、「被り指名のない本指の娘をわざと引き抜いて、私をつけて場内をとろうとするツケ回しのボーイが許せない[26]」だとか、「同伴でもないのに、着替える前にヘアメ予約の紙に名前を書く、ずるいキャストがいる[27]」だとか、「売り上げていないキャストの送りを優先した店長の気が知れない[27]」だとか、とにかく規範にずれた事情を次々に並べ、いかに「あの店がオワッテル」かを論じる儀式を執り行った。

彼女は正論を愛し、別に清くはないけど常に正しく美しくあった。そしてその正しさが何によって成立しているかを問わない潔さがあった。彼女はその後、ストレートで大学を出て一流メーカーに勤め、27歳の夏に軽井沢の清潔なホテルで広告代理店に勤める同い年の男と結婚式を挙げ、半年後に妊娠して会社を辞めた。初夏らしい名前のついたその姫は、もうすぐ4歳になる。聡明なアイは別に、結婚出産が女の幸福の絶対条件と信じていたわけではないだろうが、それが正しい幸福だと判断していた。

＊

アイのような生真面目さは希薄だが、用意周到さや戦略性ではヨウコが勝る。語学堪能なヨウコは大学の英語科を出た後、一度ＣＡとして働くも、トイレ掃除が嫌だったらしく、学生時代のバイトのつてで西麻布の高級ラウンジに舞い戻ってきた。彼女は自分の要望や育ちの良さが、銀座のクラブや六本木のキャバクラよりも、ラウンジの客に馴染むと知っていた。そして客を捕まえては自分で飼いならし、店の給料に頼

26―クラブと違って指名替え可能なキャバクラでは、当然、自分の摑みきれていない客が、自分の離席時に他の女の子を気に入ってしまうことがあり、客が場内指名をするのを嫌がるキャストもいる。店としては場内指名料をとりたいので、そのあたり微妙である。

27―女の園であるキャバクラのバックヤードはいろいろとめんどくさい。明文化されていないルールを破ると居場所を失う可能性も。

らない収入を着実に増やした。2年間で、もう店で新規の客を摑まなくとも十二分な収入を確保できるようになると、彼女はどの夜のお店からも籍を消し、ヨガと犬の散歩と愛人活動に励む。

ヨウコは「学生時代のバイトと、2年間のラウンジ経験は結婚の邪魔にはならない」と断言する。そして、外から見ればお嬢様そのものの優雅な生活をして、嫁にして恥ずかしくない姿を追求している。彼女の信条は「夜の世界は、限りなく都合よく利用するためにある」。彼女の刹那《せつな》的なものを排除した戦略性は、夜職感の低いラウンジの中ですら浮いていた。彼女にとっては夜の世界での一挙手一投足が、向かうべき幸福のために計算されたものであった。

彼女たちに元からあったのか、あるいは早い段階で身につけたのかはわからないが、結婚に必要なだけの捨てる技術を磨くには、自分の中にある正しくない喜びを愛しちゃう気持ちを留保して、ひとまず社会的に正しいとされる価値観に則《のっと》ってみることが必要な気がする。そして、正しいとされていることには正しいとされるだけの説得力があるはずだから、それに説得されている間に、留保した気持ちを鈍化させていって、なくしても痛くない程度に忘れることができれば、多分私たちは、少なくとも一般的な意味で壊れた感覚のまま生きる必要はなくなる。

　結婚が、私たちの壊れたい願望に歯止めをかける制度なのであれば、「結婚しなさい」とか言う母親になりたくない願望が強い私の母でさえ、「結婚しなさい」と繰り返す気持ちはわからないでもない。恋愛は私たちを他に何も手に入らなくてもすべてから救い出してくれるくらいの威力があるけれど、そのかわり私たちからすべてを奪うこともある。結婚は私たちからちょこまかちょこまかいろいろなものを奪うけれど、少なくともすべてを奪ったりはしないような気がする。

妊娠と出産のアイダ

　深夜1時半に、ちょっとした友人から「生理来なくて検査したら妊娠陽性だったんだけど」なんていうＬＩＮＥが届くのは、32年間も女をやっていれば初めてではない。けど、逆に32年間もたってしまった今となっては、24歳や27歳の頃のように、一緒に動揺して興奮してキャイーンとかならないのは、そこに多少のやっかみや嫉妬があるからだろうと思う。直接的に今子供マジで欲しいテンション、とかではなくても、私が決めかねて先延ばしにして、しかもそこに何となくの罪悪感や背徳感を感じているものについて、暴力的に深夜に投げつけられると、多分当事者の彼女とはまったく別の種類の動揺をするんだろうと思う。

＊

ホストと結婚して九州に行ったサチは、たまたま私の家に泊まりに来て、野島伸司の『人間・失格』とキムタクの『プライド』のＤＶＤを続けざまに見た日に、私の愛する私のトイレで妊娠発覚した。何故《なぜ》か私の家のトイレというのは人の妊娠検査場となることが多く、横浜時代にわりと仲の良かったマリも、私の家に居候中に生理が遅れて、私の買い置きの「クリアブルー」を使ってトイレで検査していた（陰性だった）。大学時代の親友である代理店バリキャリのユミから「妊娠したわー」という連絡が来たのも、確か深夜のいい時間だった気がする。

サチともユミとも、一緒に興奮して一緒にあたふたして、病院に行く前後には電話して、不謹慎にも私は、親友たちの身に起こっている劇的な出来事を心からワクワクして見ていた。そして出産への道を選んだ彼女たちを心から祝福し、センスの良い友人として最大限の出産祝いを用意し、その用意する過程すら楽しんだ。

ちなみにセンスの良い私がセンスの良い出産祝いとしていつも利用するのは、ミッドタウンの「TIME & STYLE」で買えるガーゼタオルに、子供の名前を刺繡《ししゅう》してもらうという手段で、高いタオルってなかなか世のお母さんたちは自分で買う気にならないだろうし、刺繡は筆記体でいかにもお洒落感があるし、ミッドタウンがあるのは私の昔の主戦場である六本木だし、今のところ非の打ち所なしのギフトと信じている。

高校時代のかなり濃い仲の友人ミナコから、「不妊治療始めて1カ月でおめでたっぽい」と連絡が来たのは、深夜どころか明け方だった。私は彼女と、くっついたり離れたり、そしてまたつるんだり、を繰り返してきた。高校1年生の時はクラスは違えど、何故か急速に仲良くなって、学年一番のギャルだったミナコの友人、ということで、私もギャルグループの中でかなり居心地の良い立場を与えられていた。彼女は日焼けもアクセを揃えるのも髪を染めるのも、中途半端な躊躇《ためら》いを捨ててきちんと全力で全うする人で、だからちょっと金髪に近い茶髪、だとか、こんがり小麦色、だとかぬるいことをしている私たちから一馬身抜きん出てあからさまに街の中心にいた。だけど、その後の彼女の人生には紆余《うよ》曲折があり、高校を辞めて大阪で水商売を始めたり、かと思えば急に大検受かって某一流大に行ってみたり、で、やっぱり肌に合わずにそこも行かなくなったり、若干変な年下男の元カノに絡まれてちょっと刺されそうになったりしていた。やや弱っていた彼女は、とても地味でとてもダサくてとても心が純粋な、ひとつ年上の商社マンと結婚、でも1年以上子供ができずに悩んでいた。

＊

彼女の妊娠の報告を、15年間くらいの紆余曲折を網羅的に知っている私は、感慨深く喜ばしく、純粋に感動して聞いていた。べったり一緒に遊んでいた高校時代から、随分違う人生を選択してきたからこそ、彼女の報告は私を寂しがらせこそすれ、無駄なやっかみ心をつつきはしなかった。サチもユミもミナコも、妊娠からすぐに出産の結論を導き出していて、私はそれが嬉しかった。私にはその結論は最初からセットされていなかった。別に「困ったね」なんて言う男のせいでもなんでもなく、新聞社の内定も、書きかけの修論も、毎日の合コンも、週2で行っていたクラブ活動（夜の）も、全部その場に置いて出産に向けて走りだすことなんてする気が起きなかった。

ウィットに富んだ会話をする私の母は、私を孕《はら》んだその時のことを、「わかりやすく言うと避妊の失敗だったわけだから」なんて言う。でも「だからパパの反応に、私としても少し不安があったのよ。当時、どちらかと言えば稼いでいたのは私のほうだったし。でも妊娠したって言った夜に、どこからかエビを買ってきて焼いてくれたのが嬉しかった」とも言った。父の父なりの祝福と、母の潔さが絡まって私は生まれたらしい。

先週、それなりに仲の良い友人で、しかも夜のオネエサン的な経歴も今の自堕落な生活も私と似たり寄ったりな女であるミホから、深夜1時半に妊娠報告を受けた時、私の心は意地悪なほうに傾くくらい動揺した。サチやユミの話を聞いた時ほど純粋にも、ミナコの話を聞いた時ほど達観してもいられなかった。似たような職業の彼氏がいて、いまだに似たようなブランド品にお金を使う彼女が、急に別の靴を履いていることに私はとても孤独だった。

でも、私と同じように欲深く純粋で賢さを上手く使わない彼女が、「なんか素直に産みたいとなかなか思えない」と畳み掛けてくるので、「例えばだけど、素晴らしい両親に育てられても、世界と時代が複雑に絡まって、たまたま悪い男に引っかかったり、たまたまAV出ちゃったり、たまたま借金つくったり、急にイチリュー企業辞めちゃったりすることもあるんだからさ、うちらみたいなゴミっぽい女が産んだ子供が、マザーテレサになることもあるかもよ」とだけ言った。

ミホに似た子供なんてほんと育てにくそうで、すぐ男とトラブル起こしたり、稼いだ小銭で豪遊したり、酒飲みすぎてアザだらけで帰ってきたりしそうだけど、不在よりは存在したほうがずっといい気がして、私は嫉妬を飲み込んだ。

マーベラスな妻たち

ユミは外資の金融やら商社やらの内定を蹴っ飛ばして、誰もが羨む、ということになっている広告代理店にトップに近い成績で入社して、その会社の頭脳と表現されるマーケティング系の部署に配属され、大学時代に増やした体重を元通りに絞り、セオリーやフォクシーのスーツを揃えて、それで入社1年目の冬にできちゃった結婚をした。10代の頃の仲良しグループ名づけて「プッシーズ&ビッチーズ」のメンバーで初めて出産したこともあり、5人のオバサンに目に入れても痛くないほど可愛がられてぬくぬく育ったその娘は、プリキュアの塗り絵で肌色が理想的とされそうな箇所に緑と紫を混ぜて塗るくらいには天真爛漫《らんまん》に育ち、6歳になった最近は「働いているママが好きだから帰りが遅くなってもいいんだよ」なんて殊勝なことを言う。

ユミは大学時代はアラブ人と付き合っていて、ヒップホップが好きすぎて写真のポーズがいつもYO！　チェケラッチョだったり、テキーラの飲みすぎでヨーロッパのクラブを出禁になったり（そもそも旅行者を出禁にする意味はないが）、友達の彼氏に口説かれてうっかり寝たり、来日中の米国人アーティストにスマタを迫られたりと、なかなか破滅的なところがあったりしたのだけど、22歳の夏にいろいろな汚れを身体から洗い流して、綺麗な昼職キャリアおねえさんになった、なんとも賢いオンナである。破滅的なところをそのまま身体に侵食させて、もはやリアルに破滅しつつある私やその他の友人たちにとっては、彼女の華麗なる転身が当然面白くない。いろいろと誘惑を用意して、タイ行くよ〜クラブ行くよ〜金持ちと合コンするよ〜とおびき出そうとするのだが、強かな彼女は幸福そうに見えて本当に幸福そうな家庭を壊すようなヘマはしない。

＊

新聞記者時代、国会閉会中のありあまる時間を使って、普段会えない官僚に会いに行こうとか、調査取材であっと驚かせる記事を書こうとか、せめて自分の担当省庁関連記事のスクラップでもしておこうとか、まったく思わないタイプの会社員だった私は、時折彼女と汐留《しおどめ》の「フィッシュバンク」とかで長い長い昼食を食べた。彼女は爪を長くはしていなかったが、大抵グラデーションとシンプルなストーンのジェルネイルをしていて、爪先は割れていなくて、髪も生え際まで綺麗な栗色で、服は流行と品を兼ね備えた素敵ＯＬファッションで、なんかもう別に誰も見てないしこんなもんでいいやと数年前のギャル服のファーだけ外したコートとか着ていた私は、もはや彼女を「セレブ素敵ママ」と最大限の嫌味で呼ぶくらいしか抵抗する術を持たなかった。

彼女との会話で、子供の学資保険が〜とか、ハワイ便の幼児割引が〜とかいうワードが登場する度に、私は過剰な顔をつくって、私と同じように汚れた魂にけじめをつけていないタイプのオンナたちに「ユミは遠くへ行ってしまったよ」なんて報告した。ただし、丁寧に分析すると、彼女の話は5割が仕事の話、3割が子供の話、1割が旦那の悪口、1割がファッションやグルメの素敵話であって、これが崩れることは、それこそ子供が4針縫う怪我《けが》をするとか、旦那のお母さんが絶対に着てはならないシリーズの手作り洋服を送り付けてくるとか、そういう大事件が起こらない限りはなかった。

彼女は同期の1・2倍くらいのスピードで社内で認められる実績をあげて、広告の賞なんかもとっちゃって、思いっきりマーベラスな人生を構築しつつあったので、まわりからすごいねー立派だねーとか、完璧すぎてうざたんとか言われても、細かい破綻なんて気にもとめなかった。彼女の子供は幼稚園に移ったその日に簡単なお勉強ペーパーでクラス1位になるほど優秀で、旦那は海外勤務を打診されるほど彼女と同じ会社で出世していた。

＊

一度、彼女があまりに旦那にキレており、しかもその理由が、おたま（カレーとかとりわけるアレ）の形が平べったいのがいいか深めのスプーン型がいいかというものだったので、私はやや心配になって彼女を、当時の私の勤務先である都庁の近くにある住友三角ビルのレストランに昼食に誘って、愚痴に付き合った。

彼女の旦那は態度と身長だけは立派な東大卒のオトコだったが、基本的に気遣いや頑張りがあさっての方向に爆進するタイプである。ユミとできちゃった結婚する際に、彼女の親に「俺、家事でも育児でも最大限なんでもやります！　ユミはいてくれるだけでいい、いてくれるだけで僕は本当に幸せなんです」と胡散《うさん》臭い挨拶をしたのだが、彼が結婚してからした家事と言えば、朝、マンションのゴミ捨て場にゴミを持っていく、というミッションだけで、しかもゴミを捨てるというその行為を「俺、家事できてるよ～」みたいなドヤ顔でしてくるので文句も言いづらい。ユミはそれなりの鬱憤《うっぷん》をためているようだった。

「よく言われるおばあちゃん格差じゃないけどさ」。さすが代理店のマーケティング担当だけあって、ユミの言葉は常にトレンディである。「私の家から車で5分のところにうちの親がいて、電車で2駅のところに旦那の親もいて、私の子育て環境は恵まれてると思うよ」。確かに、ユミの子育て環境は恵まれている。元々お金持ちだった両家のおばあちゃんは、初孫を猫かわいがりする故、経済的にも過剰に援助しだして、ただでさえ1000万円級のダブルインカムのユミ家は、子供が生まれてからどんどん貯金が増えている。

「でも、別に子供が熱出した時、親が行ってくれるからってなんの問題もないわけじゃないじゃん。仕事でリアルに終電逃した時、おばあちゃんがいてくれるからって安心っていうわけでもないじゃん。私がいたいわけだよ、子供と一緒に。寂しいんだよ。キャリア華々しく旦那も華々しく、おばあちゃんふたりに囲まれて、オカネもどんどん貯まって、それで子供にまで『ママ、お仕事で遅くなっても好きだよ』なんて言われたら立つ瀬がない」

もともと、トップの代理店でトップの成績を残すくらいに話し上手な彼女は、大学時代にいつも元カレや恋敵や友人たちの悪口をユーモラスに話して笑いをとっていた。その頃から、お金持ちの両親の頭のいい美人な娘であったし、3カ国語しゃべれて服もお洒落だったが、19歳の彼女の人生はまだまだ不安定で不安そうだった。彼氏がヤク中であるとか、友人のほうが先にいい内定先が見つかったとか、シェルのワンピースが売り切れだったとか、わかりやすく満たされていないものがあって、それはユーモラスな悪口に変わるくらいはくだらなかった。

結婚して子供が生まれて、彼女の人生はユーモラスな悪口に化けるほど軽々しいものではなくなった。大学生の頃よりずっと洗練された服を着て、髪も爪もいつも綺麗で、旦那も高収入で、子供も優秀で、そう簡単に世界に悪態をつくわけにはいかないようである。私は彼女の高級な生活を妬みながらも、軽々しい悪態をつけないのも、それなりに窮屈そうだなと思ってみている。

ありあまる鬱陶しさは忘却の彼方に

はなさんの家は港区のわりと地味な駅からさらにちょっと歩くという難点を除けば、

見晴らしも良くてスーパーも近くて、何より広い部屋を高い家具で飾ってあるので、立地だけで部屋を選んだ私とだいぶ違うビューティフル・ライフを手にしている。チワワが1匹、シーズーが1匹、これもまた両方ビューティフル・ドッグで、私から見ると悪趣味な、でも多分はなさん的には高くて品の良い服など着させられて、ビューティフルなマンションの装飾品のひとつみたいで、ま、私は動物愛護派でもなんでもないので、彼女のロココ調の鏡とか天蓋付きのベッドとかを見るのと同じ、なんか高そうなわりに羨ましくないな、という感想とともに犬たちを見守っている。

初めてはなさんの家に行ったのは、彼女が「ネット接続の調子が悪いから、ちょっと見てくれたらスナイデルとグレースコンチネンタルの新作のワンピをあげる」と、わかりやすく金に物を言わせる呼び出し方をされた、多分2年ぐらい前の秋だった。私は一応手土産として、新大久保で大人買いした鼻パックを数枚と、同じくまとめ買いしたリップクリームを携えて、港区の地味な駅に降り立った。彼女は飼い犬のうち、チワワさんのほうを抱きかかえて、大通りの途中まで迎えにきてくれた。ふたりでコンビニに寄って、私たちはそれぞれのタバコとお茶をそれぞれの財布で買い、20階建てくらいの高層マンションの、彼女の部屋へと向かった。

「今、クローゼットは組み立て式のやつをふたつ注文しているところだから、そこの廊下にある服は全部その中に入る」と、説明してくれた彼女の部屋は、わりとマテリアル・ガールな私の部屋の、多分4倍くらいの量の服と化粧品があって、ベッドルームの壁一面はすべてクローゼットだというのに、リビングと廊下には服と靴の入った箱が積み重なっていた。しかし、どの服も四角く四角く折りたたんであって、どの化粧品も箱に綺麗に収まっていて、なんてしなりのない部屋なのだろうと、殺伐とした気分になったのを覚えている。

「なんでフィリコ[28]とシンデレラ[28]を置いてるんですか？」と、彼女の部屋のトイレを借りた私が、トイレに酒や水の瓶を置く神経を疑いつつ聞くと、「綺麗だから」としなりのない答えが返ってくる。腹立たしいことに、チワワさんとシーズーさんまでこぞって私に「何か問題でも？」というような視線を投げかけてくる。「服多すぎませんか？」と聞いても「結構買うから」と答えられるので、私は黙った。

　はなさんは美容関係の仕事とセックス関係の仕事を両立させて、月収は少なくとも１００万円を下らない。そのうち20万円を毎月貯蓄してそれ以外はどんな高額な臨時収入があっても惜しみなく化粧品と洋服とビューティフル家具に使う。彼女はよく「ママの治療費とかがあれば頑張ってもっと稼ぐし、ママがいたらもっといいところに引っ越すけど」と言う。

はなさんのお母さんは、はなさんが32歳の時に死んだ。もともとシングルマザーとして一人っ子のはなさんを育て上げたお母さんは、亡くなる前の数年間、ほぼはなさんの稼ぎに依存している状態で、はなさんは、今ではシーズーさんとチワワさんの遊び場をつくっている部屋の一角に布団を敷いてお母さんを住まわせていた。病気がちなお母さんは入院することも多かったため、還暦になる頃には一切働けなくなり、あきる野市にあったアパートも引き払っていた。

その頃のはなさんと言えば、ホステスの仕事をそろそろ辞めて、貯金をはたいて美

28―フィリコはボトルが可愛いという理由でホストクラブで10万円以上の値がついているミネラルウォーター。通称、世界一高い水。シンデレラは、靴の形のボトルに色付きのリキュールが入った、メルヘンチックなお酒で、ホストクラブでは数万円と他の飾りボトルに比べると安く出しているので、初心者がキープボトルにしがちだが、陰で笑われる。要は2つともホスト臭のする飲み物である。

容関係の小さな会社を立ち上げようか、というような時期で、オカネと手間のかかるお母さんを渋々迎え入れたものの、いつも文句ばかり言っていた。「ママさえいなければもっとしっかり働けるのに」とか、「ママにオカネがかかるから会社出すのが1年以上遅れてる」としょっちゅう愚痴っては、何か顔見たくないから帰りたくない、と友人の家に泊まっているようだった。

お母さんが亡くなったのは結構突然で、でも仕事が忙しかったはなさんは気丈にふるまっていた。どこかで、荷物をおろすような気分もあったのかなと私は思っていた。でも、お母さんが亡くなり、それなりに仕事も軌道に乗り出すと、彼女はすぐに「私にはママがいないから」という枕詞を使うようになった。「ママがいないから家事も行政手続きも全部自分でやる」「ママがいないから死ぬほどは頑張れない」「ママがいないから頼る人がいない」。

私はあんなに鬱陶しがっていたお母さんを神格化して、その不在を印籠のように使う彼女をいまいち快く思えなかった。ビューティフル・マンションに住む彼女は、ビューティフルかつパーフェクトなライフを欲するところがあって、何かのほころびを以前は母親に、現在は母親の不在になすりつけているようにも見えた。そもそもはなさんは男と喧嘩してそれを私たちに報告する時でも、100%男側が悪く聞こえるようにストーリーをつくるところがあって、自分はミス・パーフェクションのままいようとする自虐レスなところが、オンナとしては逆に賢くないような気もする。

5月のはじめにちょっと久しぶりに彼女と連れ立ってゲルマニウム温浴に行った時、最近仕事があんまりうまくいっていないようなことを話しながら、彼女はまた「涼美はママがいるからちゃんと面倒みなきゃだめだよ」なんてママ印籠を出してきたのでちょっとげんなりした。

けれど、「鬱陶しくても、いると楽しいじゃん」と続けた彼女のコトバは多分本音だったのだろうし、娘の幸せを願う母親は、時々パーフェクトな娘のほころびをひきうけることで、娘の人生にしなりを持たせようとしてくれるのかもしれなくて、だとしたらはなさんのママは、死んでなお彼女の母親の仕事をしてるんだなぁとも思った。

おかあさんといっしょ

そこそこ間違っている私の体感では、日本人の7割くらいが坂口杏里[29]の心配をしている気がするのですが、そんな心配しなくてもあんな高額な商品、業界きってのVIP待遇でいい扱いを受けられると思いますよ。亡くなった有名女優のお母さんを引き合いに出して、天国で悲しんでいるはずだとか、あの気立ての良い女優さんの娘のそういうところは見たくない！だとかいう声もちらほら聞こえるが、母親が悲しむようなことであれば、せめて母親が亡きあとにするほうが良心的と思う。

まぁ、私のそんなお節介は「天国で悲しんでいるはずだ」的なお節介と同じくらい意味のないものではある。私はニコイチファッション[30]で銀ブラしている母娘も、そもそも男女カップルのペアルックも、何が嬉しいのか何が楽しいのかよくわからない。「恋は盲目」的な理由で箸が転んでもシアワセみたいな気分と似ているのだろうと、なんとか納得しているものの、親子なんていう燃え上がらない関係性の中でそれをやるなんて奇想天外摩訶《まか》不思議といつも思う。だけれど、当のふたりにとっては楽しい時間なわけだろうし、むしろそういった楽しさを理解できない私のような人間こそ摩訶不思議に思われるかもしれないし、ふたりの間のことは当人同士しか結局はわからないのだ。

性産業的なものをお洒落に仕立てた女子高生の援助交際やら「小悪魔ａｇｅｈａ」[31]やらアイドルＡＶ女優やら、一連のブームをスティグマ浄化大作戦と名づけるとするならば、その大作戦の大きな功罪に、自由で自己選択的で貧困や不幸の香りがしない彼女たちに親不孝のレッテルを貼り付けたことがある。借金の肩代わりに吉原に売られていた女児たちを親孝行の極みとすれば、人身売買的な管理売春のイメージが払拭されればされるほど、性的なものは親孝行から遠ざかる、あくまでもイメージ上。だ

29—ホストと整形にハマってＡＶ堕ちするという、この上ない程のアルアルを、マスコミを巻きこんで全国民の前でやった人。

30—ニコイチはそもそも女子高生が、マルキューなどで色ちがいのお揃いの服を買って、それを着て遊んでいる姿が双子ちゃんみたいでカワイイのであって、歳や身長が違いすぎる2人がやってもなんか痛々しい。

31—男性向け商品にすぎなかったキャバ嬢を女性向け商品にしたこの雑誌の功績は、ＳＮＳ社会になってから尚更《なおさら》、ものすごく大きいものだったと思うのだけど、そんな話もまた今度。

が現実は今でも、親孝行で勇んで性産業に没入していく古典的な淑女がいるのだ。

＊

　ナオミはとても頭のいい子だった。どれくらいいいかというと、のちに警察に保護された時に「なんか警察の人がＩＱテストしてみたらやばい数字が出たらしい」と噂《うわさ》されるくらいに。いろいろな人物を評論するのが好きだったレミちゃんは、「誰も、友達も雇い主も現場の人たちも、彼女が14歳だったなんてほんとに微塵《みじん》も思ってなかった。そういう意味で本当に精神的にオトナだった。その辺の中学生の年齢ではなかった」と、ナオミについて振り返っていた。

　確かに私も、19歳という彼女の言葉を疑ったことなどなかったし、あどけなくてちょっとアホな子だな、とは思っていたけれど、そこに不自然さを感じたことはなかった。それにしても、自分よりおそらくＩＱが50くらい上回っている人間をちょっとアホだと思っているあたり、いまさらながら私の人の見る目のなさは驚異的である。

　ナオミとは、撮影前のＡＶ女優らの定宿だった某所で初めて出会った。私はおそらくＶＴＲかパッケージ[32]の撮影前夜で、朝寝坊して遅刻しないためにそこに泊まることにしたのだと思う。当時、美容と装飾品と服にお金をかけていれば、明日目覚めた時突然綺麗ないいオンナになれるのではなかろうかという淡い期待を胸に、伊勢丹やシブヤ西武に多額の募金をしていた私は、たまり場になっていたソファが４つある部屋で、シートマスクをしながらフットクリームを塗っていた。

ナオミは、人見知りしない親近感をもって「その指輪どこのですか？」と声をかけてきた。人見知りするよそよそしさによって業界内に友達が少なかった私は、「え？ああこっち？　これSTAR JEWELRYの」と、何のひねりもなく正直なブランド名を答えた。「いくらですか？」という続いての質問にも、特にひねりも面白みもなく5万円くらい、と答えた。

聞けばナオミはまだ出演も決まっていない、デビュー前の女の子だった。沖縄出身の彼女は福岡で友人といるところをスカウトされ、現在はここで寝泊まりしながら面接回りや宣材写真の撮影に勤しんでいるという。身長は１５８センチの私より５セン

32―AVは、今でこそネットでいくらでもサンプル動画が見られるが、かつては「ジャケ買い」してもらうことが何より重要だったため、パッケージ写真の撮影は、時に本編よりも大切で、１日がかりで行われることが多かった。

チくらい低くて、茶髪に色白の、普通の地方のキャバクラ嬢といった見た目だった。ヴィトンのバッグ以外には大して高級なものは身の回りになく、お泊まりセットらしき化粧品の山も、ドラッグストアで買い揃えたような印象だったし、その旅行かばんに近い大きめのヴィトンも、偽物なのだと言っていた。

「早くそういうアクセとか化粧品とか買えるようになりたいな」と言う彼女に、今までどんな仕事をしていたか聞いてみたが、「日払いでキャバクラとかはやったことあるんですけど」という曖昧な答えしか返ってこなかった。それから「私がAV女優になるって言ったら、お母さん、仕事辞めちゃったんですよ。学校のセンセイだったのに。それで、大型の免許とってから、トラックの運転手になるみたいなんです」と言っていた。

私は彼女の言っていることも、そのお母さんとやらの心理もまったく理解できなかったが、私が理解できないことはすでに世の中に溢れかえっていたので、あまり大きいリアクションはとらずに、「え、お母さんに言っちゃったんだ？　AVに出るって」と聞いた。「はい、そうしたらその夢を応援したいから、仕事場に迷惑がかからないように辞めるって」「反対はされなかったの？」「うーん、悲しんではいるかもしれないけど、それでも応援はしてくれてて」

そもそも私が想像する「普通」では、自分の娘がアダルトビデオに「出ていた」と聞いて教職を辞することはあっても、「出たい」と聞いて辞することはあまりない。どちらかというと、若気の至り的な思考に陥っている娘を説得するなり監禁するなりしたほうが手っ取り早い。私自身が両親とも教職であって、当時は自分のその若気の至り的な行動が彼らの知るところになるのを日々恐れていたため、彼女の話はより一層エイリアンなものに聞こえた。随分と理解のある母親だけど、そんな理解ってあったほうがいいのか否か。

私が彼女に会ったのは、初めて話したその日と、約1カ月半後のもう1回だけである。同じ場所で、また別の用事の前日に宿泊しようとしていた私は、そのままそこに住み着いている彼女と再会した。今度は、ふたりきりではなく、前出のレミも彼女の側にいた。その日は、彼女たちはふたりで渋谷まで買い物に行ってきたと言い、ナオミはソニア リキエルのベースメイク用のファンデーションや化粧下地などを一式買い揃えていた。聞けばすでにふたつほど雑誌の撮影をこなし、来週、初めてのAV撮影の予定が入ったという。

「レミちゃんと同い年なんですよ、私。で、このファンデがいいって教えてくれて」と見せられたその一式に、初の百貨店ファンデと言えば絶対ＲＭＫ[33]かクレ・ド・ポー ボーテ[33]だろうに、と私は軽い違和感を覚えた。私が彼女について、唯一覚えている違和感と言えばそれくらいだった。レミが一時期使っていたファンデーションは確かにソニアのものだったが、初めての高額のお給料で買うのには、なんとなく冒険に思えたのだ。

　結局彼女は諸々と偽りの存在だった。レミと同い年の19歳でもなかったし、学校のセンセイの娘でも、沖縄出身でもなかった。身分証は、姉のものを少し改ざんして使用していたという噂だが、それも本当がどうかわからない。１本撮影が終わったあと、休みの日に街でブラブラと買い物をしていたところを警察に補導されて、年齢詐称やＡＶ出演が明るみに出た。彼女のＡＶが発売されることはなく、プロダクションの関係者のひとりは一時期警察に勾留されたという噂だった。ＡＶや水商売アルアルなのが、未成年売春において、関係者まで女の子自身に担《かつ》がれて知らぬ間に犯罪者になってしまう、いわゆる身分証偽造系のそれである。ただ、ＡＶ業界では身分証チェックは極めて厳しくなっていたので、実際には彼女のような存在は少なく、噂は業界中を駆け巡った。

*

「ナオミ、母親がグルだったらしいですよ」。後日、撮影現場で一緒になった際に、レミが言っていた。「でも彼女、お母さんとべったりだからそこを断ち切らないと更生は難しいですよね」。同じ事務所で、しかも一応仮の姿では「同い年」だったレミは、随分と彼女のことを気にして、補導のあと、なんとか連絡を再開したらしかった。レミいわく、ナオミは18歳の誕生日に、また同じようにAVデビューすると言い張っていたらしいが、10代の女の子の気持ちなんて秋の空どころかチャンネルザッピング並にころころと変わるのでそれはあてにならないな、と思ったのは覚えている。「母親も水商売だったらしいけど、母親が身分証とかつくってノウハウ教えて中洲のスカウトされやすい場所でうろうろさせたらしいです」というレミの話も、なんでも

33―全女子の8割が使ったことのあるRMKと、全高収入女子の8割が使ったことのあるクレ・ド・ポー ボーテはファンデーション界の2大巨頭。みんなと同じはイヤだとか、特殊なトラブル肌の人以外が必ず通る道である。

断定してしゃべる彼女の癖を差し引いても、実際のところはよくわからない。その情報の出元も私にはあまり教えてくれなかった。おそらくプロダクションの関係者の噂話か何かを、彼女なりに脚色してそう思い込んでいたのだろうと思う。

ただ私は、ナオミの話が嘘だったり、レミの話も嘘くさかったりすることよりも、あるいはナオミが未成年でAVデビューしかけていたことよりも、彼女と初めて会った日の会話が今でもなお不思議に思える。お母さんに強制されてここにいるんです、とは言わないにせよ、なぜ彼女はお母さんを学校のセンセイに仕立て、しかも娘の夢のために自分のキャリアを諦める理解ある母親に仕立て、トラック運転手に転身する行動力あるオンナに仕立てたのか。どう考えても、意図のわからない嘘が多い。

彼女とはそれ以来会っていないし、その後はレミからも彼女の話を聞いたことはない。だから彼女の真意を確かめるのは無理だし、そもそも尋ねたところで凡人の私が飲み込めるような意図を聞き出すのは無理だろう。周囲で悪母らしい人物を想起させるような噂話ばかり立っていた中で、少なくとも彼女の話は、明らかに母親をかばうものであった。

それは母親への援護なのかもしれないし、あるいは現実とはかけ離れた理想の母親像を、あたかも現実のように話していたのかもしれない。そもそも私から聞いたわけでもないのに、事件のキーパーソンになり得る母親の話をなぜわざわざ彼女が口に出したのか、それ自体が疑問である。基本的にはAV女優なんて、親の理解のもとで勤めている者のほうが圧倒的に少ないのだから、現場で「親にバレたらどうしよう」以上の肉親の話なんてめったに出ないのだ。

だから私は、周囲の言うように悪い働きかけ方であろうと、彼女の言うように理解ある働きかけ方であろうと、私たちの多くが若気の至り的な発想でしていたナオミの行動に、母親の影がこびり付いていたことは確かだと思う。ちなみにレミのものすごく若い母親は元キャバクラ嬢で、父親は元ホストで、しょっちゅう親と喧嘩していた彼女の口癖は「キャバ嬢とホストの子供なんてまともに育たなくて当然でしょ」だった。

北の実家から

先月、またひとり同い年の友人が東京から去った。33歳になった私としては、もはや数え上げても意味がないほど多くの友人たちを送り出してきたのだが、30歳を過ぎたあたりからは、ただでさえ少数になってきた東京組は友人というだけではなく、サドンデスで生き残った同志みたいな内輪の仲間意識があるので、25歳の時に鹿児島に嫁いだサチを見送った時とはまた違う寂しさがある。引き際の美学的なことも気になるし、妥協点の見出し方も気になる。

東京を去るといっても、本人の転勤もあれば、カレシが海外赴任が決まったのを機にプロポーズされた、子供生まれたのを機にダサイタマに家買った、地方の国立大医学部で学び直すことにした、親の介護のために転職して帰郷、など理由は様々で、どれもこれも本人たちの人生的には大分意味合いが違うものなのだろうが、残るこちらの「あ、またひとり行った」感は似ている。死別と男女の破局以外のあらゆる別れは物理的にわりと解決できるのだから、というか、別に福岡あたりに引っ越したところでいつでも会いに行けるのだから、深刻な落ち込みや喪失感とは無縁で、その代わりに喪失とも悲しさとも違う、「あーあ」という感じだけが残るのだ。ほんとにいい時代のいい国に生まれたと思う。

ただ、33歳まで歌舞伎町で働き、先月田舎に帰っていったシホさんと最後に飲んだ時のことを思い出すと、私としては珍しくちょっとセンチメンタルな気分にさせられる。田舎に帰るからといって、送別会を開くほど親しくも共通の知人が多いわけでもなかったので、私は彼女からのＬＩＮＥで「帰る」のだということを知って、共通の知人であるキャバクラの副店長から、先月引っ越したみたいよ、という事後報告を聞いた。

最後に彼女と飲んだのは、歌舞伎町の区役所通り沿いにあるアフターバーであった。ふたつ歳下のユリカというキャバ嬢と、そのユリカが勤めるキャバクラに何故かユリカ指名で何度か通っているサキさんという40歳の風俗嬢（ヘテロセクシャルな女）とのアフターに、私とシホさんが合流した時である。早々と酔いつぶれて2万円を置いてタクシーで北千住まで帰っていったサキさんを見送った後、ユリカとシホさんと私の3人は、とりあえず2万円は使い切ってから帰ろうと無駄なことを言って、近くのサンドイッチ屋から出前で、中身の卵焼きが揚げてあるたまごサンドやエビカツサンドなど、歳を忘れた不健康なメニューをとって、でも何故か店ではとうもろこしのひげ茶とウコン茶を頼んで鏡月をそれで割ってアラサーらしく飲んでいた。

ユリカは、1カ月ごとに歌舞伎町と地元の長野を行ったり来たりする生活を続けている。もともと20代半ばまでは歌舞伎町の小箱のキャバクラで売れっ子キャバ嬢をしていたが、現在は歌舞伎町では大きい箱のキャバクラに勤め、地元では母親が経営するスナックを手伝う。母親が働けなくなったら、完全に地元に引き上げて、お店を引き継ぐつもりだと言う。顔はそれほど美人ではないが、話題が豊富でノリのよさは抜群で、真面目な接待でも気を使える彼女は、一生水商売で食べていけるだろうと思える素質が備わっている。痩せ型で、ちょっとしゃがれた酒やけ声で、服も大して華美ではなく、スナックのママと言うとしっくりくる。

「私の問題はほとんど妹だから」

ユリカは、いまだに半分は歌舞伎町で暮らしている理由をそう話していた。

「妹は地元で結婚して実家のすぐ近くに住んでたけど、今ほとんど実家に入り浸ってるの。離婚はしてないけど。店は10代の頃から一度も手伝ったことない。で、私は妹とは暮らせないから」

ユリカと妹は父親が違うのだと言う。甘え上手の妹は、彼女が帰れば頼んでいた限定品の化粧品やちょっとした手土産をきゃあきゃあ言って喜び、一緒に寝ようとせがんできて、面倒見のいいユリカはそれを甘んじて受け止める。彼女と母親が店に出ている間に、ちょっとしたケーキなどを家で焼いて、帰ってきたらドヤ顔で食べさせてくる。母親は、そういう役には立たないけれど愛らしい妹と共存しているし、ユリカとしても別に憎むべきところなどないのだが、愛らしくて可愛いけど精神的にがさつなところのある妹と、2週間以上は一緒に暮らせないのだと言う。

「でも別に長野のお店見捨てるつもりもないし、徐々に向こうにいる日数増やそうとは思ってるよ。母親はまだ元気だし、かといって孤独なのはちょっとかわいそうだし、店も人は一応雇ってるけど、私にだから頼めることもあるだろうし」

歌舞伎町のキャバクラ嬢にしてはややトウが立ってるとはいえ、もともと摑んでいるお客も多いし、頼ってくる後輩たちも多い彼女には、こちらでも十分に居場所がある。

「ユリカは、こっちでやってる仕事も、将来につながってるからいいよ」

と、サンドイッチをひとつだけつまんだ後は手を出さずに、ひたすらウコン茶割を飲んでいるシホさんが言うのは、私はとてもよく理解できた。

「シーちゃんのほうがすごいじゃん。もうキャバは出ないでもいいのにちゃんとたまには出勤してて、バーの雇われ店長まで任されて。オーナーの信頼があついから、そのままいろんなお店任されそう。キャバもシーちゃん手放さないんでしょ」

「まさか。キャバに出てるのは美容のためと、あとはやっぱり金銭感覚のバランスって言うか、今のバーで代表やってみて、10万円売るのってほんと大変だなって思ってさ」

「わかる。長野のお店やってて思うけど、キャバクラって高いよね！」

以前、と言ってもそれほど昔ではない頃に、ユリカは「10万円以下の卓は客じゃない」と豪語していた。当然、彼女のことだから、2万円ちょっとの最低料金で1タイムだけ通ってくる客にも親切にしていただろうし、そうでなければそれこそサキさんのような女性客にまで好かれるわけがない。ただし、そういう虚勢が似合うことが、おそらく一時期の彼女には必要だった。だから私はキャバクラって高いなんていう言葉が彼女の口から飛び出したことをちょっと意外に思いつつ、寂しさとも安堵とも言い切れない微妙な気持ちになった。

「シホさんは、年齢と相談して、バーのほうの仕事に絞ってくつもりなんですか?」

私は、すでに将来を決めるに値するバックグラウンドを持って上京してきたユリカよりも、シホさんの今後のほうに興味があった。ユリカの生き様は、ひとつのステレオタイプではあるものの、ある種の特権階級でもある。それに、私とは違いすぎて、へえへえすごいねという興味と親しみはあっても、心底同感するようなことはあまりない。

「いや、別にバーの店長やりたいかって言うと微妙。ただ、26の時に六本木に出てって30で戻ってきて、私はもう本当に嬢をやるのは限界だと感じた。六本木だともう少し延命できたかもしれないけど、3歳とか5歳違うだけで、いずれ同じ気持ちになるよ。私にはもう無理だなって」

「でも、そのままなんとなく昼職に流れたり、結婚したりする人が多い中で、シーちゃんはそのままキャリアになってるからすごいよ」

私もユリカと同じように思っていた。この世にいる大量のホステス・キャバ嬢の中で、水商売を土台に立身できる人なんてほとんどいない。大抵は若い時という箱の中にその経験を入れっぱなしにして、別のところへ行こうとする。指名制度のある店のキャストをやっている人間はオトコでもオンナでもそれは顕著だし、時給で働いている娘は特にそうで、高時給が保証される若い頃を過ぎた後は、惰性の時給でだらだら稼ぎながら外への足がかりを見つけようとする。

そういう中で、キャバクラ出身のシホさんが水商売の範疇《はんちゅう》で出世しているのは珍しく、私の中でひとつのロールモデルだった。歌舞伎町でも六本木でも、有名キャバ嬢のようなきらびやかさはなかったが、着実に毎日仕事をして、歌舞伎町に戻ってきて1年強でひとつの店を任されるようになった。

「ちょっとは考えるよ。別に水商売やりたくて東京来たわけじゃなくて、とりあえず進学しとけって感じで来て、バイトでやってそのままなんとなくってそこまでは普通だけど、しがみついてる理由はないし、生真面目にやってきたから食いっぱぐれてはないいけど」

「シホさんて、そもそも何の学校行ってたんですか？　専門？」

「違うよ、短大だよ。兄貴がいるけどそっちも東京来ちゃってて、地元は子供残ってないし、親も歳じゃない。正月くらいは帰ってるけど、父親は結構前から糖尿だし、お母さんはもともとボケっとした人だからこれからどんどん物忘れとか増えそう」

当時、母を亡くす直前だった私はその日も聖路加の緩和ケア病棟で半日母と過ごした帰りだったので、なんとなくシホさんの言っていることは大事なことのように思えた。でも、今のところ、完璧ではないにせよ健康な両親が田舎に住んでいるシホさんにとっては、それほど差し迫った事情ではないようにも思えた。そもそも、お母さんの話なんて、その時初めて聞いた。

「それより、シーちゃん、胃がどうのこうのって言ってなかった？　病院行った？」

「そう！　先週ようやく休みで行けたの。朝まで店にいるとどうしても病院やってる時間に行けなくて。検査とかしたけど、まぁ想像通り神経性の軽い胃炎だって」

「胃が痛かったんですか？」

「そう、もうそれで、なんか考えちゃってさ。親もいつまでも元気じゃないなら、正月しか帰れない生活もどうなのって」

私たちはたまごサンドは食べ切り、エビカツサンドは少し残して、朝の4時までちょこちょこカラオケをしたり、たまたま隣でアフターしていたユリカの知り合いのホストに絡まれたりしながらぐだぐだ飲んでいた。身体の調子が悪い時になんとなく孤独になるのはオンナの常だけど、シホさんの口から親も歳だし、なんて大黒摩季の歌詞みたいな言葉が飛び出したことに私はやっぱり少し驚いていた。

＊

結局私たちは相変わらず、自分たちの話を一通りした後は、ユリカと同じ店にいる24歳の女の子が母親と一緒にディズニーランドに行ってお揃いのぬいぐるみを買った写真をタイムラインにあげていたとか、シホさんのバーをばっくれ辞めした女の子が風俗らしきところで働き出したとか、人の悪口を言って盛り上がった。最近の若いキャバ嬢は、親への罪悪感がゼロで、休み明けに親に車で歌舞伎町まで送ってもらって平気でいる、とユリカが口悪く言っていたのが印象的だ。

結局、その後会うことなく、シホさんは秋田に帰ってしまった。何をしているかなんて野暮なことは思わないが、別に胃の調子が思ったほど悪いわけでも、店がうまくいっていないわけでもないらしかった。私は母が死んだ報告は特にしていなかったけど、ＬＩＮＥのタイムラインを見たらしく、帰るという連絡をくれた際に、ザンネンだったね、といたわりの言葉をくれた。

　彼女なりのけじめのつけ方はあったのだろうが、そこに、今まで登場したこともない田舎の母親の話がついていたのは、意外と言えば意外だが、当然と言えば当然だったのかもしれない。なんとなく始めたキャバクラも30過ぎたらなんとなくは抜け出せない。両親の話がつけば、それはある種の人たちにとってはいろいろと捨てるに値するもの、人の決断を説明したり納得したりするに値するものになる。

　ちなみにちょうどタイミングを同じくしてユリカもキャバクラを辞めていたが、長野の実家に帰ったのではなく、東京で1軒、バーともスナックともつかないような不思議な店を始めていた。長野に帰る頻度は減らしたらしい。

不在と時間

「どこにいる？　また帰ってこないつもりなのか？　手紙には何が書いてあるんだ？

手紙は帰ってからお父さんが読む」

横浜西口の駅ビルに入っていたシアトルカフェというベーグルとサラダの店で、ユリアに見せられた携帯電話の画面を前に、彼女と私はいろいろと対策を練っていた。今から14年ほど前の秋のことである。

「一応、返信しといたほうがいいんじゃない？　また捜索願出されるよ」

「返信しても出されると思う。でも、帰るとほんとに監禁状態だし。ただ、ダブルの場所も自分の店の場所もバレてるから、当分、出勤はできないかも」

「店替えれば？　普通のキャバじゃ嫌なの？」

＊

当時19歳だった私は、横浜西口の大手グループのキャバクラに勤めだして間もなく、実家を出て桜木町と関内の間の、新しいけれどひたすら狭い部屋で一人暮らしをしていた。一応、部屋を桜木町の徒歩圏内にしたのは、桜木町から大学のある湘南台までは横浜市営地下鉄で1本であるという、ぎりぎりの言い訳があったからなのだけど、私と昼間のまっとうな世界を結ぶ架け橋の地下鉄には、結局年に10回くらいしか乗らなかった。

ちなみにユリアというのは、西口の同じビルの中に入っていた、水を使ったダンスショーのあるキャバクラの女の子で、同い年の専門学校生だった。ちなみにその、水を使ったダンスというものの需要は当時の私にはよくわからなかったし、いまだにあの店の存在意義はよくわからないのだが、今はその話を深く追求するつもりはない。私たちは、同じスカウトを使って店に入っていたので、そのスカウトマンのマンションで一緒にウイニングイレブン[34]をしたり、他のスカウトマンやキャバクラの内勤の男の人たちと居酒屋で飲んだりしているうちに仲良くなった。

ユリアは東戸塚にある実家から店に通っていたのだが、キャバクラで（しかもなぜか水を使ったダンスを披露するキャバクラ）バイトしていることは直近まで親に話していなかった。ありがちな青春の話だが、当初専門学校に行きながら週に3回くらいバイトで出勤していたユリアは、ホストの彼氏（で、その人が勤めていたホスクラの

34―夜の世界の男にはかなりゲーマーが多く、現在では携帯ゲームの課金が月10万という男も少なくないのだが、唯一、ゲーマーではない男の家に必ずあるゲームがウイイレである。

名前がダブル）の家に入り浸るようになり、店の出勤も増やし、代わりに学校にはほとんど行かなくなっていた。

家にあまり帰ってこなくなった上に、学校に行っていないらしい娘を心配した父親は、最初に捜索願を出し、ユリアが思いっきりそれを無視していたため、探偵らしき人と一緒にダブルの前で待ち構えて、朝方に御用となって家に連れ戻されたのである。結構な頻度で連絡をとったり、お互いの店終わりに合流してカラオケに行ったりしていたユリアがなんか連絡つかないなと、私が不審に思っていたら、しばらく携帯電話も没収された状態で、家に軟禁されていた、というメールをもらった。

父親の情けなのかどうかはよくわからないが携帯電話は返してもらえたらしく、そうしたらすぐ、父親が仕事でいない日中に置き手紙をし、必要な荷物を偽物のヴィトンのシースルーのバッグに詰めて、ユリアは再び避難してきた。……ものの、大荷物でうろうろしているのにもかかわらず彼氏の携帯がつながらないと言って、私がそのベーグル屋に呼び出されたのである。

＊

「とりあえず、ユウキさんつながったら彼の家に荷物とか置けばいいんでしょ？」

ユウキさんというのは24歳のホストで、伊勢佐木町から阪東橋に行く途中に住んでいた。そもそもユリアはそのホストの家で半同棲状態になっていたのだから、当然彼女は彼と一緒に住むために家を出てきたのだと私は思っていた。

「連絡はするし、荷物置くけど、でももし父親に彼の家がバレたらまずいから、しばらくユウキさんちには行きたくないんだよね」

「また連れ戻される？」

「だし、そこバレたら、また逃げてきた時に行くところなくなっちゃうし」

「そもそも連行された時、どんな状態だったの？　想像できないんだけど」

「見たことない車の助手席から父親が降りてきて、一緒にいた友達無視して私の腕掴んで有無を言わさず車に乗っけられて拉致《らち》された。ユウキさんは店の中にいたから見えてなかったと思うけど、一緒にいた友達は同じ店の先輩で、超ひいてた」

思えば、平和で健康的なサラダとベーグルのカフェで、逃げるだの連行だの拉致だのとしゃべっていた自分らが、周囲の素敵ＯＬさんたちからどんな目で見られていたかが気がかりなのだが、というか、今の私が隣に座っていたら念のために通報するんじゃないかと思うのだが、私たちは結構必死にしゃべっていた。

ただ、周囲に逃亡犯であると思われているかもしれないなんて気づきもしなかった私には、一点ユリアの話に引っかかるところがあった。彼女の話には、常にお父さんや都市銀行の一般職をしているお姉ちゃんが出てきても、お母さんが出てこなかったことだ。

結局、ユリアはその日は私の家に泊まりにきた。その後もユウキさんが電話に出ず、しかも彼の店はその日がたまたま休みだったからだ。私はユウキさんは、2週間近く音信不通だったユリアをとっくに綺麗に片付けて、ユリコとかマリアとか名前は何でもいいけど、新しい女とのんびり休みを過ごしている気がしてならなかったのだが、そこはあまりふれずにいた。ユリアにとっては激動の2週間からの帰還なわけだし、その間、実は彼氏のほうは横浜で通常運転な日常を送っていたなんていうのは、残酷な事実であろうから。

ユリアと私は、小さい部屋にぎりぎり収まっていたシングルベッドで落ちそうになりつつ横になって、ちょっとした内輪笑いと、昨日は店に元力士が来た、みたいな話をしていた。

「寮とか用意してくれる店あったら移ろうかな」

ユリアは、とことん、実家には帰らず、ユウキさんの家にも住み着かない腹積もりらしかった。もしかしたら、私が思っているよりもユウキさんとの関係は冷ややかなものなのかもしれなかった。

「すぐまた捜されない？　お父さん、諦めなさそうじゃん」

「手紙に、何回捜しても私はもう実家には住めない、って書いたよ」

「普通に、一人暮らしするって話つけてから出られないの？」

私は、一人暮らしの先輩としてちょっと偉そうに言ってみたものの、私自身も親との話し合いは省略して、半ば夜逃げのように実家を飛び出したのであった。桜木町の部屋を借りるのも、実は大学の友達に名義人になってもらい、その親に保証人になってもらっていた。当時は、保証人なしのプランがあることも、少し余分にお金を払えば身ひとつで入居させてくれる不動産屋があることも知らなかった。

「無理。うちの父親、基本的に真面目な人生しか頭にないから。お姉ちゃんも大学時代に、一人暮らししたがったけど、無理だったし。お姉ちゃんの大学よりもうちの専門のが家から近いし、私が大学行かなかっただけでも微妙だから」

「お姉ちゃんとは連絡は？」

「仲悪くはないけど、最近あんまり話してない。多分、向こうは来年結婚するし。銀行受かって支店が都内だから、最初の1年は家から通って、やっと一人暮らしできてるのにもったいない」

「お母さんは？」

「父親ほど頑固じゃないけど、弱い、お母さん」

＊

ユリアの言葉を聞いて、私は高校時代の大親友だったアミのことを思い出した。彼女は私と同じ高校ではなく、上京したアイドルのタマゴの子などがよく通う女子校に通っていて、私たちは、パンツ売りの少女として、渋谷の生脱ぎブルセラ店で出会った。たまたま彼女の中学時代の好きな人が、私の高校にいたこともあり、すぐ仲良くなった。

ブルセラ店にたむろして、そこからクラブや１０９に通っていた女の子たちは、みんな極度に親バレ、学校バレを気にしていたのだが、アミはいつも、学校の同級生にバレることと、台東区の同じマンションに住む幼なじみの家族にバレることだけを気にしていた。彼女の家は母子家庭で、小さい頃は幼なじみとその家族と一緒に、よくバーベキューにでかけたりディズニーランドに行ったりしたのだという。

「その家の兄のほうが、ちょっとオタクっぽくなっちゃって、今23歳くらいなんだよね。なんか、ブルセラとか来そうじゃん、怖い」

「バレるとお母さんにチクられるから？」

「いや、お母さんにチクられても困りはしないけど、お世話になったおばさんとかに悪いじゃん。めっちゃいい人で、高校入った時とかも、なんかいろいろくれたりしたから」

　私は、誰に汚点をさらけ出したくないかは人それぞれだとは思っていたものの、近所のおばさんよりも発言権のないお母さんというのもすごいなと思って、アミの話を聞いていた。というか、お世話になったおばさんには悪くて、お世話になったお母さんには悪くないのかしら、とお節介にちょっと思った。そして、彼女が中学時代に好きだったという私の高校のクラスメイトの男子に、ちょっとアミの家についてスパイ的に尋ねたことがある。

「母子家庭で、お母さんもあんまり働いてないみたいだけど、それなりにいい上野のマンションに住んでるわけだし、お母さんの家はわりとちゃんとしてんじゃない？会ったことあるよ、親。弱い、お母さん」

ユリアとまったく同じ調子で彼が言ったのを思い出していたのだが、その後も私は夜のオネエサンたちと話す時に、しばしばこの、母親の不在を目の当たりにする。存在しないわけでも、恨まれているわけでもなく、弱い、のひとことで片付けられてしまう軽さ。

強烈に存在感があり、それが悩みの種でもあった自分の母親と比較すると、コミュニケーションのとれない厳格な父や、お世話になった優しい近所のおばさんほども存在感を示さない母親の影は、私には奇異な存在に思えた。周囲にいた友人たちも、口うるさい母親に反感を持っているか、夜のオネエサンになってなお母親とべったり仲が良いか、そのどちらかが多いのに、時々思い出したように、このような不在の母親の話をする子に出会う。

その後のユリアは結局、ユウキさんとはたまに家に泊まりに行ったり店に遊びに行ったりする関係を保ったまま、寝泊まりする場所が与えられるという利点から、川崎のデリヘルに転職した。そこからは私はそれほど連絡をとっていない。ユリアが風俗にあまり抵抗がなかったのは、水かけダンスのキャバクラに勤める前に、一時期、川崎のピンサロでバイトしていたことがあったからだろう。

「キャバだと、髪もやるし、持ち物もあるし、そもそも出勤が夜だから、親にバレると思って。ピンサロは店で着替えるだけだし、持ってくものもないし、お昼の12時から5時間くらい出勤して帰るから、バレないじゃん。結構多かったよ。親が厳しいから、クレープ屋でバイトしてることにして働いてる子とか、彼氏と同棲してて内緒で働いてる子とか」

放っておいたら大抵の女子大生なんて、ちょっとキャバクラでバイトしたり違法なギャンブルしたりはするかもしれないけれど、多くはすぐ飽きて、というか、両方やってみると、お嬢な女子大生でもやっていたほうが何かと効率がいいし見栄えもいいということにすぐ気づく。なのに、娘を心配して門限やら服装の変化やらに過敏になるせいで、娘は逆にあざとくなって、水商売を通り越してピンサロで働いちゃうなんて、お父さんにとっては皮肉なことだな、と思った。

33歳のホットロード

30歳を過ぎて、同い年コミュニティの周囲にものすごく少なくなったなと思うのがバイトキャバ嬢である。ガチのホステスはいる。お店を構えるママもいる。元AV嬢の風俗嬢なんかもいるし、元昼職のソープ嬢なんかも実は結構いる。つまり学生であるとか新入社員であるとかで金銭的におぼつかない時代にはわんさかいた「週2、3回だけキャバクラでアルバイトしてます」という人は、そのまま夜の渦に巻き込まれてガチ本職になっているか、昼職で昇給しているかのどちらかが当然多くて、そのままゆるゆるピチピチ現状維持というのは、しないし・したくないし・したくても難しいし、な年頃になってきたということでしょうね、悲しいかな。

ただ、全然いないかというとそんなこともなく、一応の本職的なもの、あるいは本職につながる訓練（司法試験の勉強だとか漫画の新人賞に応募するとか）を片手に持ちながら、空き時間を埋め、空いた財布を埋めるためのオミズバイトを辞めていないという人がいることはいる。六本木のキャバクラにもいることはいるし、都心のキャバクラに疲れて若干外れた吉祥寺や五反田や上野のキャバクラに移っていたり、開き直って半熟女なんて謳《うた》っている店にいたりと形態は様々だが、とにかく彼女たちは辞めたりまた始めたりしながら、30代バイトキャバ嬢の花道を行く。

＊

同い年コミュニティ内、他の人は家庭を持っていたり課長になっていたり地方や外国に赴任していたりする中で、いまだに中二病っぽいテンションで仕事したりしなかったりしている私は当然、彼女たちとは比較的良好な関係でいる。それで、先月半ばの土曜の夜に同い年のバイトキャバ嬢のひとりである金井さんと、彼女の仕事前の夕方、上野の焼肉屋で肉を食べていたのだが、彼女が宇都宮の実家に帰るの帰らないのの話に私は妙につっかかった。

彼女は新宿区内にある自宅に帰るため、大抵はバイト先のキャバクラを終電ギリギリで早上がりするそうなのだが、金曜や土曜の夜はそれが許されないことが多く、その日もおそらくラストまで勤め上げないといけないらしかった。彼女の店には仕事の終わった嬢たちを自宅まで自動車で送るシステムがないため、やや気が重そうだった。

元新聞記者の悪い癖なのか、襤褸《ぼろ》を纏《まと》えど移動はタクシー、が信条の私と違って、彼女は終電を逃した場合、同僚たちとファミレスで時間をつぶしたり、サウナに行ったりするらしい。

「しかも、明日ちょっと用事あってほんとは宇都宮帰らなきゃいけないわけ」

彼女はすでにしっかり焼けている肉をひっくり返してはアミに押し当て、またひっくり返してはアミに押し当てながらブツクサとこぼした。

「家族行事？」

「いや、私、住民票があっちだから、言ってみれば家というより家に来てる郵便物に用事があるのよ」

「あーマイナンバーとかも早く取りに行ったほうがいいよ。明日日曜だけど。私もようやくちゃんと取りに行った」

私は少し前に母を亡くし、生命保険の手続きなどで緊急に必要になって普段は歩かない時間に区役所通りをとぼとぼ歩いて新宿区役所に手続きに行ったことを思い出しながら相槌《あいづち》をうっていた。

「始発までぐだぐだしてるとさ、帰るとどうしても疲れちゃって、なんかのんびりしてるうちに寝ちゃって、起きると夕方、とかたまにあるのよ。それで日曜がつぶれる」

彼女は当然週2、3回のキャバクラを本業とはしておらず、日中はグルメサイトを中心にしたライターらしき仕事をしている。会社員ではないのだが、運営会社にも出入りしていて、その収入のわりには忙しそうである。

「なんで一回帰るんですか？」

私は気になっていたことを突っ込んだ。仕事が終わる深夜から朝まで上野で時間をつぶすのであれば、そこから始発に乗って宇都宮に帰ったほうがよほどスマートに思える。日曜の始発など空いているし、電車の中で寝れば体力回復もぎりぎりできるし、そもそも一度度帰ると眠くて再び外出するのは気が進まなくなる、というのはものすごく理解できる話だ。

「どゆこと？」

「え、このまま仕事出て、始発で実家帰っちゃえばいいじゃない」

「だって、そんな用意してきてないもん」

「用意？」

世の中に実家ほど用意のいらないものはないと私は思っている。私自身、実家を離れて随分とたつが、それでも一応部屋着くらいはとってあるし、歯ブラシもある。でも、家庭状況によってはそうでもないのか、泊まるならお泊まりセットとか必要なのか、と思い直して、あ、実家泊まるんですね？と聞き直し、歯ブラシや下着どころかコンタクトの洗浄液だって揃っているコンビニでその「用意」を調達してはどうかと提案した。

「違うよ、泊まらないよ。月曜早くから仕事あるし。じゃなくて、この格好で帰れないじゃん。髪だってこの後一応セットするわけよ。うちの店週4くらい出てる子じゃないと個別のロッカーないから、店内バッグとか全部持って帰るし、水商売の匂いがしちゃうじゃん」

なるほど、金井さんが気にしているのは親バレであることがこの時発覚した。あれである。女子高生が授業後、私服に着替えてこそお見合いパブなどでタダ飯タダ飲みした後に気にするあれである。ミスチルが、「娘は学校フケてデートクラブ、で家に帰りゃまたおりこうさん」と歌ったあの「娘」が気にしているアレである。女子大に入ってすぐのお嬢さんが、ひやかしでキャバクラに体験入店しに行った後に気にするあれである。ＡＶ嬢がスカウトやプロダクションの最初の面接でしつこく気にするあれである。

そのため、一度帰ってキャバクラ髪をリセットし、いかにもな持ち物を置いて、水商売臭のしない清純なセーター、ジーンズなどに着替えて実家に帰らなくてはならないのだという。万が一にも、お土産にもらったコメなどをバッグに詰める際に、バッグの口からぽろりと「アイリ」なんて書いた名刺が落ちたりしないように。

確かに夜のオネエサンたちはある一定の時期までこの親バレと戦っている。最近では、女子大生のキャバクラバイトも、時にはＡＶ女優ですら親公認という人が増えてはいるというが、それでも、引退理由の数割は今でも親バレしたことによる親の軟禁や監視である。特にエロ関係の仕事の場合は、親や彼氏、会社や学校、時には旦那にまで内緒で働いていることは確かだ。

それはそうなのだけど、親バレっていう響きはどうしてもちょっとルーズソックスと盗んだ原付と制服と教科書と青いレモンの味がする。たしかに私も仕事によっては親にわざわざ報告もしないが、親にバレるとまずいから、と何かと策を講じていたのはせいぜい大学院を出るまでである。

30代になってバイトキャバ嬢が減った分、割合的に多くなっている本職の夜のオネエサンたちは、当然親も娘の仕事を知っているタイプと、親とあまり連絡をとっていないタイプのどちらかが多い。あとは年齢的に片方とはすでに死別しているとか、年に一度しか会わないからあえて仕事の話などしないが別に隠してもいないとか、そんなものだ。

*

金井さんのふわっとしたバイト感のある水商売は、とても学生っぽいが、親との距離感やメンタリティまで女子大生のそれと変わっていないことに私はなんだか感心した。確かに、友人に数人いるいくつになっても本職にもならず辞めもしない30代キャバ嬢たちを想起すると、親と絶縁しているような人はおらず、だからといって本職がある以上、親に水商売のバイトをしてることなど言ってはいなそうである。

実は私は、金井さんのご両親に一度だけ会ったことがある。たまたま私が彼女の家に遊びに行った時に、近くで観劇した帰りだというご両親がなぜか大量の生春巻きの皮とミントの鉢植えを土産に娘の顔を見にきたのである。特に仲が良いらしく、「パパ」なんて呼んでいたお父さんは元は市役所勤めで、お母さんは長らく保健所に勤務していた。別に思想がリベラルか保守的かなんて知らないが、とても感じのいい家族だった。

上野で肉を食べた翌日の夕方、宇都宮にいる金井さんからLINEがきた。「どう？　実家ファッション。すずみもTPOは大切にね」という一文の下に写真が送信されている。SUNNYとかいうダサい英語の入ったトレーナーに超大きいマフラー、ブラックデニムにコンバース。ここまでモッサリしている必要もないとは思うが、たしかに水商売臭はゼロだ。清廉《せいれん》性があるかどうかは別として、今なら女子アナの採用担当者も騙《だま》せそう。

モッサリな格好でトイレの鏡に自分を映して写真をとる金井さんは、家族との輪を乱さない愛情を纏っているようだった。彼女にとっては確固とした守るべき生活があり、その道から逸脱するキャバクラはあくまで日常生活から断絶されたもの、女子大生にとっての火遊びと変わらない。だからこそ、30代になるまでどんなに金銭的な魅力が転がっていようと夜の世界に完全に入り込むことなく、ふわっとバイトの立場で出入りしている姿勢が崩れないのだろうと思った。

そして誰もいなくなった？

　家出少女というと複雑な家庭環境や厳格すぎる父に嫌気がさしてギャルブランドの紙袋とかに私服詰め込んでとりあえず出会い系で男を漁《あさ》って歌舞伎町のラブホテルなどにしけこみ、18歳になって風俗店なりＡＶなりで働けるようになるのをひたすら待つ、ウシジマくんに出てくる中学生女子みたいな響きがある。ネットカフェの小部屋でブルボンプチとか食べて、１００均のコスメを買い占めてる的な。

　そういう人もいるんだろうが、出会い系で女を漁りでもしないかぎりあんまり出会わない。ただ、夜職のオネエサンたちのなかには半ば家出状態で実家から独立して上京し、ホステスや風俗嬢を勤めあげている人は少なくない。私のまわりにも結構家出少女経験者はいて、その代表格が大学時代の友人メイと高校時代の親友シズカである。メイもシズカも18歳を過ぎてから家出しているので、家出少女というより家出婦人というか、むしろオトナだしただの独立ともとれるが、何年も親に連絡せずに捜索願など出されている点では誇り高き家出少女っぽさはある。

＊

メイは大学入学直後は普通に横浜の実家から湘南台にある大学に通っていて、時々スナックでバイトをしているのと、彼氏がカメルーン人であることを除けば順当な慶大生だった。絵を描いたりインテリアデザインをしたりとわりと芸術家肌で、大学でも最初の専攻は建築アートかグラフィックアートだったと思う。

もともと大学の友人たちの間で変人呼ばわりされており、髪の毛はドレッドに近いパーマをかけて、スナックでは中島みゆきを熱唱し、服は大学の学祭の時にエコロジーサークルが開いた古物市で買った着物やセーターを何カ月も愛用していたので、本当に変人だったのだと思う。ちなみに、建築アートなどの授業はそれほど面白いと感じなかったのか、私の記憶の中にいる彼女は学内の芝生の上で絵を描いているか、イスラム教の教授が主宰するムスリム研究室に出入りしているかのどちらかであった。

彼女の最初の逃亡は1年生の夏休み。インド旅行に行くと言っていたのは知っているが、1カ月後の帰国予定日を過ぎても当然のごとく連絡がつかない。8月がまるまる過ぎ去り、9月も終わりを迎え、2学期が始まっても学校に来ない。当時はまだ海外で通じる携帯など稀《まれ》で、ＳＮＳも普及していなかったので、私たち友人は何かあったんじゃなかろうかと結構心配していた。

10月の終わり頃、いい感じに日焼けをしたメイは何故かガウディのポストカードを手土産に大学にやってきた。彼女の話を要約するとこうである。

「インド行ったらめちゃめちゃ気の合う画家の友達ができて、その人はヨーロッパからアジアをまわってる途中だったんだけど、その人が言うには私にスペインの血が流れてるんじゃないかって。だから帰国遅らせてスペインまで行ってきたんだけど、途中でお金なくなっちゃったから野宿したり、レストランの主人の似顔絵描いてそのかわりにご飯食べさせてもらったりして。で、帰りの航空券買えないからとりあえず道で似顔絵描いたりバーでピアノ弾いてチップもらったりしつつ、サグラダ・ファミリアの前の階段で夜寝てたら、守衛みたいな人と仲良くなって、夜の誰もいないサグラダ・ファミリア案内してもらったの。もうインスピレーション受けまくり。で、いつまでたっても航空券のお金たまんないなとか思ってたら、ある日道端で物乞いっぽい人に騙されてパスポートとかとられちゃって、さすがに困って領事館行ったの。で、親に連絡ついて帰ってきた」

さすが変人、家出も地球規模である。常識人で弱虫な私はほとんどファンタジーを聞くような気分で彼女の話を聞き、次の年の夏休みに彼女がカメルーンに行くと言っていた時も、きっとまた3カ月くらい帰ってこないんだろうなと思っていた。

彼女は帰国予定の9月末になっても帰ってこず、3カ月たっても帰ってこず、ついに私が1年留年してから大学を卒業するまで、一度も帰ってこなかった。私よりもさらにメイと仲の良かった友人の話では、さすがに半年くらいたって心配した親がいろいろな友人やカメルーンや周辺国の領事館に電話などし始めた頃、彼女からセネガルの大学に入るから了承してくれと電話がかかってきたらしい。慶應がどうなったのか私は知らない。

彼女の消息を私が摑んだのはそれからずっと後、大学院を出て新聞社に入り、都庁クラブ担当を経て霞が関の総務省クラブに配属になった頃である。都庁では隣の席に口うるさい先輩がいたので結構真面目に働いていたのだが、総務省では私のいた地方部の記者は私だけで、右隣は忙しく席を外す政治部の先輩、左隣は私と同じくらい服装が空気を読んでない経済部の先輩、と、なかなか理想的な環境だったので、私は記者端末でしょっちゅう登録したばかりのフェイスブックやアマゾンのページを流し見しながら、ヤンマガ読んだり化粧を直したりして業務についていた。

そんな折、ふと思いついてフェイスブックでメイの名前をローマ字入力してみたが、該当者は見つからない。でも、こんな時代だし海外にいるとしたら尚更、何かしらのSNSに登録しているのではないかと思い、グーグルで名前を検索してみたところ、マイスペースに彼女のページがあった。

「Mei・age27・singer・Senegal」。やはり彼女はまだセネガルにいるようだった。ん？　シンガー？　なんと彼女はセネガルに住み着き、歌手として活動していた。マイスペースのページには中原中也の詩のフランス語訳なんかが書いてあって、なかなかファンキーである。私はマイスペースにわざわざアカウントをつくって彼女に連絡してみた。しかし返信があったのは、それから3カ月近くたって私も連絡したこと自体すっかり忘れた頃である。

「連絡ありがとう〜！　元気？　セネガルで大学卒業した後、そこの空気に馴染んでいろいろとインスピレーションが湧きまくりでアーティスト活動していたんだよ。お返事遅れてごめんね！　実は連絡くれた頃、ちょうどセネガルの家を引き払ってフランスに移動する時期で！　哲学が学び直したくなって、フランスで学校に入りました！　あと、セネガル人と結婚したよ！　パリに来た際にはぜひ寄ってね〜！」

私の脳はこの情報盛りだくさんのメッセージでいろいろと数年間分の情報アップデートをするのにちょっと時間がかかったが、思ったより元気そうな様子で、何よりもずっと連絡がとれなかった友人とつながったのが嬉しくて、他の大学の同級生にもメイの近況を報告しまくった。そして、なんと素敵な偶然で、私の両親が父のサバティカルを使ってパリに住んでいるのを思い出し、メイを訪ねついでに両親の顔を拝みに、正月休みにパリに行くことにした。

パリのレストランで会ったメイは、いかにも外国暮らしの長い日本人オーラをプンプン出して、黒髪にターバンを巻いてあらわれた。「たまには日本に帰らないの？」という私の問いに、「帰らなきゃとは思ってるんだけど、両親が仕事定年になったのを機に名古屋に引っ越しちゃって、名古屋なんて友達もいないからさぁ」なんてことを言っていた。

＊

もう一人の友達であるシズカは、メイのような地球規模の家出をしたわけではないが、私とは別の、でも都内で同じくらいの偏差値の高校を卒業し、それなりに人気の共学大学に進んだ直後に、家を出た。もともと生活態度に厳しすぎる父親と、何でも買ってくれるわりには味方にならずに父親と結託して門限なんかを厳しく設定してくる母親とは折り合いが悪く、大学の同級生で読者モデルの彼氏と付き合ったのをきっかけに、持てるだけの服を持って家を脱出、携帯も買い換え、親からの捜索願も無視して彼氏の家に避難していた。

そこからがわりと苦労が多くて、読者モデル以外なんのやる気も起こさない彼氏のために彼女が働かなければいけなくなり、大学を中退し、アパレル関係の職を転々とした後、銀座の高級クラブでホステスとして働きだした。その頃、オカネの貸し借りが原因で共通の友人たちの間ではやや心配の声があがっていた。ホステス時代にも何度か連絡をとったり、一度か二度会ったことがあるが、家出してから一度も親にも兄弟にも連絡をとっていない、と言っていたのはよく覚えている。

久しく連絡をとりそびれていたのだが、2年ほど前に私が会社を辞めたことなどを報告するメールをしてみたところ、久しぶりに会って話すことになり、下北沢のカフェで数時間お互いの近況報告をし合った。

その時聞いた話では、彼女はちょうど2カ月前に銀座のクラブを辞め、意を決して千葉県内にある実家に突撃隣の晩ごはんなみに抜き打ちで帰ってみることにしたのだという。クラブを辞めた理由は、年齢的に酒飲み商売がきつくなってきたことと、こそこそ付き合っていた店のボーイに裏切られ、一緒に住もうといって借りようとしていた家があるにもかかわらず彼が行方をくらましたことで、彼女自身もいったん宿なしになってしまい、何かと嫌になったからだった。

実家に行ってみると、驚いたことに実家がなくなっていた。父親が20年以上前に建てたはずの立派な家が建っていたところがサラ地である。えっ。携帯電話に最早うろ覚えだった実家の電話番号を入力してかけてみても番号自体使われていない。兄の番号や父母の携帯番号はすでに覚えていなかったし、携帯を買い換えた時にメモリも一新してしまっていた。結局彼女は市役所や親戚からの情報で、母親の連絡先を突き止め、電話をかけてみると、「兄とふたりで江戸川区のマンションに住んでいる」とのこと。

「びっくりするでしょ? 家が物理的にもなくなってたし、両親も離婚してたの。お父さん、仕事も辞めてて。で、お母さんとお兄ちゃんの住んでるマンションに一回行ったんだけど、お父さんとはかなり揉めて別れたらしくて私も連絡しないほうがいいって言われて。結局、先月からお母さんたちと住むことにしたの。学生時代はすごい仲悪かったけど、そもそもお父さんが厳しかったからで、お母さん自体は結構謝ってくれてわだかまりもなくなって」

シズカは現在、もともと好きだったアパレル関係のプレスの仕事をしながら、母親と兄と問題なく暮らしている。結構忙しいようで私はあまり会っていないが、SNSなどで近況を見ると、親と絶縁して銀座勤めをしていたような面影はなく、リア充OLを極めている。

＊

メイの家もシズカの家も、我が家と同じように両親から祖父母までわりとしっかりまっとうな仕事をしているような家だった。私たちはつい、自由に外界で生きていても、いざとなれば帰る場所があって、それが不滅であるような気がしてしまう。しかし、家というのは親というこれもまた自由な人間が形づくっているもので、必ずしも半永久的にそこにあってくれるわけではない。

メイの家は家ごと未知の土地へ移転してしまった。シズカの家はサラ地になって、両親の関係もサラになっていた。そして私は両親と連絡を絶っていたわけではないが、なんだかんだ19歳で実家を出てから一度も親とは暮らさずにいる間に母を亡くした。盤石ではない実家に、盤石であるような幻想をいだいているのが若さであるとしたら、私たちも随分歳をとったのだと最近思う。

Ⅲ　母と私、ふたたび

こわいこわいおばけのいる病室

「最近、いろんな物が怖くなったの。とても」

母は病床についてから、そんなメールを寄こした。

「都心のビルが怖いし、テレビが怖いし、人が死ぬ漫画も怖い。あなたのまわりにあるものもとても怖い。ネオンも派手な格好も」

一度目の胃がんの手術を終えて、一旦は回復しつつあった頃の話である。母は手術後、半年くらいたってから父親のサバティカルの関係で2カ月ほどニューヨークで暮らしていた。ちょうど5年半勤めた新聞社を退社していた私は10日間ほどそこに合流し、先に帰国していた。続いて母が帰国し、父はさらに1カ月ほど滞在する予定だったので、しばらく母は鎌倉の家で一人暮らし状態になっていた。

＊

「ニューヨークに住んだのは、今の私には結構よかったのよ」

実家に様子を見に行った私に、母は昔ほどは威勢のない声で話しかけてきた。

「私の、並々ならぬ自信ってやっぱり健康に裏付けされていたみたいでね。病気になって手術して、なんかすごく自信がなくなっちゃった。だけどしばらくニューヨークに住んで、海外に住んでた健康だった頃の時間も思い出せたし、なんか私の自信みたいなものが少し戻ってきた」

私の母はお茶の水女子大付属の中高在学時代にもICU在学中にも留学経験があり、また私が生まれてからも、仕事の都合をつけては父のサバティカルについて海外生活をしていた。母はそういった経験的な視座で批評をすることが多かったし、それは思春期の私に「ではの神」と悪態づかれるほどですらあった。仕事の専門分野も英児童文学であったため、日本の病室のベッドにいるよりは、米国のセントラルパークあたりにいたほうが、比較的自分の理想とする自分の姿でいられたらしかった。

大変結構なことであると思った。ちょうどその直前、会社を辞めた1カ月後に私は、週刊誌に諸々の過去の稼業を曝露《ばくろ》される事態に陥り、私の家族には重く気まずい空気が漂っていた。週刊誌上では、父も記者の取材に答えて私の過去を肯定しなくともある程度許容する、といった態度を全国的に晒し、私は世間から「ご理解のある素晴ら

しい両親でいいですね」なんて言われていたわけだが、そういった態度は当然インテ
リの両親らしい計画的なポーズであって（あるいは取材に答えた父は母に比べると夜
職や裸職に対する拒絶反応が少し弱かったのかもしれないが）、半年前に胃を3分の
2切除してすっかり軽くなってしまった母は、さらに一言一言が後悔と嫌悪に満ちて
いた。
そんな折、アッパーウエストサイド滞在を自信を取り戻す契機としてくれたのなら
ば、それに越したことはない。ただ、母は別に私についての後悔をふっきったような
様子はなかった。
「もう少し元気になったらね、私、命が尽きるまでに、児童文学者で、女子大で保育
士や幼稚園教諭を目指す娘たちに、絵本の素晴らしさを教えている立場でありながら、
娘をよりによってAV嬢に育て上げてしまった、その責任について書いておかなきゃ
いけないと思ってるの」

そんな話を聞くのはその時が初めてだが、その後、がんが再発していよいよ死期が
迫ってきた母は何度も同じことを言っていた。結局果たされなかったが、母はそうい
った言葉をもって、断固として私の高額アルバイト経験すべてを否定した。私を直接

責めることではなく、自分を責めることによって私を強く責め、しかし私自身については批判や否定をせずに、私の選択と判断だけをひたすら否定して憎んだ。

ニューヨークに滞在していた年が終わり、新年を迎えても母の体調は比較的安定していた。体重と同時に覇気まで失っていた母も、徐々に毒とシニシズムを取り戻して、2月には父とケアンズに数週間滞在し、私もまたそこに途中合流するなど、家族はがんと週刊誌から少しだけ解放されて、ある程度文化的な生活を取り戻していた。

それでも母は毎月腫瘍マーカーやMRI検査を繰り返さなければならず、不安定な数値のせいか、時にとても弱気になりながら、女子大での講義の仕事などはほぼ休まずに続けた。目白《めじろ》にある女子大で午前中の講義がある日は、近いからという理由で3回ほど新宿区内の私の家に前泊し、私はその度に当時半同棲中だった彼を家から出し、彼の荷物を母の目に入れないくらいの配慮はしていた。

母は手術後、嫌に舌や鼻が敏感になり、それまではまったく気にせず口に入れていたうま味調味料や人工甘味料の類を拒絶するようになっていた。だから私も母の来る日はわざわざ買い物に行って、高飛車になった舌に拒絶されない高級ショコラティエのチョコレートやら有機野菜やらを買い込み、空気を入れ替えたり、灰皿を棚にしまったりせねばならなかった。

それでも舌や鼻ついでにいろいろな感覚が鋭敏になっていた母は、私の部屋にある、タバコや香水のほのかな匂いに混じった嫌いな匂いにもなんとなく気づいていたようで、よくこうこぼした。

「私が肯定はせずとも不問に付す、という態度をとってたのって、あなたにとってネオン街の悪夢みたいなものが筆力を確かにする過去の経験としてしまってあるんじゃないか、と思ってたからで、今もそこに囚《とら》われてるなら、また感じ方が変わるな。一度そういった間違いを犯したおかげでその不毛さに気づいて、日常の退屈さと向き合う決心をしたなら、私はあなたの過去をわざわざ引っ張りだして憎もうとは思わない。でもいまだに高い塔の上で、ほら私こんな危険なことも楽しんでできるの、見て見てってやってるようなら、強い危なさを感じる」

結局その年の秋に、がんの骨転移などが見つかって、母の命は今後続いたであろう長い道のりを諦めざるを得ない状況になっていった。体重はますます減って、「娘は高校生なんです」なんていう嘘をついても結構通用するほどハリと艶のあった肌は少しずつくすんで、夜になると「ごめんね、私あなたにこれから教えられることがもうほんとにちょっとだけになっちゃった」なんてもらしていて、そこには私を論破しようとして必ずそれに成功するかつての母の姿はもうなかった。

＊

母がいろいろなものを怖い怖いと言いだしたのはその頃だ。そのずっと前から母は、私の働き方を嫌い嫌いとは言っていたのだが、いつしかそれが怖い怖いに変わった。母は私に、母を安心させるようなわかりやすいパフォーマンスを求めていたのかもしれなかった。それでも私は結局最後まで、母を露骨に安心させるようなことはしなかった。西新宿のマンションに相変わらず汚い何かを持ち込んで、歌舞伎町のネイルサロンに通い、胸の開いたドレスを買った。

ただ、母が「怖い」と言うことそのものは少しずつ私を侵食しだす。それが私の生きる不健全さなのか、「幸福」を婉曲《えんきょく》的に否定した態度なのか、ただただ選ぶオトコの趣味の悪さなのか。そしていつの間にか、母親の「怖い」を少し共有していた。キャバクラに飲みに来るようなオトコが怖くなった。ホストクラブやサパーや風俗のスカウトが怖くなった。どんどんオカネを儲ける友人も、じゃんじゃんオカネを使う友人も怖い。

母は日に日に弱る身体で、日に日に日当たりが悪くなっていく病室で、モルヒネのせいで日に日に意識も滑舌《かつぜつ》も朦朧《もうろう》としていく中で、怖いと言い続けた。寝るのも食べるのも怖がって、「もう少しいて」とよく私にすがった。父に比べればそれほどではなくても、やはり看病疲れしていた私は、消灯時間になったら5分おきに帰ろうとして、止められる度に少しイライラして、やっと寝た母のパジャマに転落防止の安全ピンをつけて、小走りで明るい夜の街に逃げ込んだ。雑居ビルの看板や深夜のネイルサロンにいる早口の風俗嬢や割れたグラスはいつもより少し怖くて、でもふれるのを諦めるほど怖くはなくて、でもやっぱり少し怯《おび》えながら私は過ごしていた。

確かに母は私に、彼女自身の言葉、あるいは古い本や旅行先や劇場で出会う言葉でたくさんのものを教えてくれて、私はそれこそが一番の宝であり、私を一生自由にし得ない呪縛であるとも思っていた。でも母のその「怖い」という感覚こそ、もしかしたら最大の教えであったかもしれないとも思う。

言葉で諭されるのは嫌いじゃない。しかし、母の言葉も偉人の言葉も、思うように生きようとする私には何故か引っかかりが少なかった。というより引っかかって残ってはいても、私はそれを背骨の裏に隠してしまう技術に長《た》けていた。そして思うように生きてきた。思うように生きて、その怖さにすら気が付かないほど運が良かった。人の恨みを買うのも、人を羨ましがらせるのも、それほど恐ろしいことだとは思っていなかった。

もし私が、欲しいと思うものを変え、避けようと思う事態を変えるとしたら、母の「怖い」感覚を共有した時なのかもしれない、と今は少し思う。人に、とりわけ子供にものを教えるのはとてつもなく時間と手間がかかる作業である。そして教えたところで子供たちは、常に斜めを向いて突っ走る。けれど、教えようとすることを離れた母のつぶやきが私を導くとしたら、もしそれが愛なんていうものの正体なのだとしたら、母と娘の関係なんて、本当に皮肉なものである。

大学芋ラプソディ

なんか落葉樹にセンチメンタルになる間もなくめっきり寒くて職安通りのドン・キホーテのレジのところにある焼き芋が気になるこの季節、そう言えばもう久しく移動販売の焼き芋屋って見ていない気がする。移動販売と言えば私にはもう30年近く前の忘れられない思い出がある。

私は小学校に上がり鎌倉に引っ越す直前まで、タワーマンションラッシュ前夜の月島のファミリータイプのマンションに住んでおり、そこから聖路加病院のすぐ近くにある聖ヨゼフ幼稚園というところに通っていた。つい最近まで知らなかったのだが、その幼稚園は現在すでに閉園しており、生前、聖路加の緩和ケア病棟に入院していた母の世話で築地から病院まで歩いていたら、当時のお御堂などは残したまま、「聖ヨゼフ幼稚園跡地」という遺跡みたいな扱いになっているのを発見してちょっと切なくなった。

で、私の住んでいたマンションに、うちはほぼ新築の時に入居したため、似たような境遇、似たような世代の家族がたくさんいて、現在遺跡状態のその幼稚園の同じクラスに一緒に通う友達も何人も住んでいた。勝鬨《かちどき》橋を渡っていく幼稚園は、歩いて通うにはちょっと距離があって、当番制で誰かのお母さんの車に乗っていくというのがお決まりだった。中でも、私はいつもエミリちゃんという美女と一緒に歩いたり車に乗ったりして往復路を楽しんでいた。

＊

エミリちゃんとは家族ぐるみで仲が良く、長期の休みにはしょっちゅう同じタイミングでハワイに行っていて、エコノミークラスで母が見つけてくるコスパのいいコンドミニアムに滞在する鈴木家は、エミリちゃんのお父さんが所有するプール付きの別荘とエミリちゃんのママがハワイ用に買った赤いベンツに度々お世話になった。

エミリちゃんのママは東京でも赤いベンツに乗っていて、私たちが幼稚園帰りに「手が粘土臭い」と車の中で騒ぐと、「後でママのシャネルの香水振りまいとけばいい匂いになるわよ」と返すいかしたママだった。ちなみに我が家の愛車はいすゞの車で、今思えばある意味でこだわりを感じるのだけれど、狭いツードアで子供に超不評だった。

エミリちゃんはママが23歳の時の子供で、私は母が33歳の時の子供であったため、エミリちゃんのママの若々しいセレブ感は子供心に羨ましかった。お父さんのほうはうちのおじいちゃんと似たような年齢で、必ずしも毎日エミリちゃんのおうちにいるわけではなかったが、エミリちゃんの家にいる日は、油絵で抽象画を描くいかにもお金持ちのおじちゃんであった。エミリちゃんママがジュースのことを「おジュース」とか言うのも、銀座の高級クラブの匂いがぷんぷんして好きだった。

美女ではあったがおしとやかなところがなかったエミリちゃんと、美女でもなければおしとやかでもなかった私は、月島のマンション内と、今はもんじゃストリートという何の実用性もなくなってしまった西仲商店街くらいまでの生活圏で考え得る、あらゆるいたずらをして自分らの存在証明をする、極めて子供らしい主張にあふれる幼稚園児であった。

マンションの各部屋のポストにささっている夕刊を、ぐるぐるぐるぐるとって回り、最上階から4階部分にあった住居者用の中庭に投げ入れて、「中庭を新聞で埋め尽くしてみよう作戦」。マンション1階にある各住居の郵便受けにひとつずつシールを貼っていって、「マンションオシャレ化計画」。前歯が抜けそうだった同い年の男の子に、4階のアスレチックのタイヤブランコを死ぬほどぶんぶんに揺らしてぶつけて、「その前歯、私たちがとってあげようの巻」。違うマンションから遊びにきた幼稚園の友人を西仲商店街の焼き鳥屋の前に置き去りにして、「迷子は手羽先を恵んでもらえるか実験」。すべて実行した。

母親たちは、マンションの各住居をばさばさにさばけてしまった新聞を持って謝りまくってまわりながら、「あの家、赤旗とってるんだ、ふーん」とかちょっと楽しんでもいた。仲が良かった私の母とエミリママはお互い分け隔てなく両方の子供を叱ったが、その説教の内容はそれぞれがわりと個性に富んでいて、ふたりが違うことを言ったりすると、私たちはそこにオトナのエゴを感じるというよりダイバーシティ社会の希望を見出してちょっと含み笑いし合ったりした。

＊

とある、本格的な冬のちょっと前といった季節の土曜日の夕方、私とエミリちゃんは商店街の文房具屋さんで、匂い付きの消しゴムや、なんのために存在していたのかよくわからない、しいて言えば消臭ビーズのようないい匂いのする小さい豆粒が透明容器に大量に入ったもの、マンションオシャレ化リベンジに使うつもりだったのかどうかは忘れたが大量のシールなどを買った後、マンションに戻ろうとふたりで歩いていた。商店街では洋品店の同い年の子供が店番を頼まれてごねていたり、エミリちゃんお気に入りの青果店のイケメンがナスのカゴを片付けたりと、ちょっと笑けるくらい牧歌的な時代である。

で、商店街から曲がって隅田川沿いのマンションのほうへ行く直前、寂れた裏通りから大学芋販売の録音された音が聞こえてきた。例のあのスピーカーらしいガサガサした歌声で「大学芋～おいしいよっ♪」とかそういうやつである。なんか牧歌的な冬の商店街にふさわしい感じで、私たちも昭和の子供らしく匂い消しゴムを握りしめながら、ふんふ～ん♪とそのメロディにのっていた。

ほどなくして、その音の主である大学芋リヤカーが見えた。「おいしいよっ♪」というちょっと陽気な声に似合わない、小汚い格好のすごくネガティブな顔をしたおじさんとおじいさんのちょうど間くらいの人がリヤカーを引っ張っていた。おじいさんの足取りは重く、疲れ切って倒れそうに見えた。そのおじいさんありきで聞くと「大学芋～ホクホク～甘いよ♪」といったメロディも哀愁が尋常ではない。

エミリちゃんと私は一気に文房具屋で散財したことを悔やみ、両手に提げた匂い玉やら消しゴムやらシールがくだらないものに思えた。もっと昭和の子供らしく缶蹴りでもしていれば、手持ちの小銭を合わせてあのおじいさんから大学芋を買えたかもしれなかった。私たちふたりは急に鬱陶しく感じられるようになった文房具屋のビニール袋を提げたまま、ちょっとそのおじいさんに見入っていた。

マンションに帰るために道を曲がってからふたりで、「かわいそうなおじいさん」について勝手な話をつくりながら、どちらかのママが追加のお小遣いをくれたら商店街に戻っておじいさんから芋を買ってあげよう、と相談した。ふたりでおじいさんのネガティブな顔を真似していかにも倒れそうな足取りを真似した。

私たちはまずエミリちゃんの家に行って、大理石にリフォームした床のペルシャ絨《じゆう》毯《たん》の上に、量販店で売ってそうな炬《こ》燵《たつ》を載せてその中で編み物をしているなんかすごいセンスのエミリちゃんのママに事情を話してお金をせびった。

「かわいそうだもん」とせまる私たちに、エミリちゃんのママは顔色も変えず編み物の手も止めずに「おジュースなら冷蔵庫にあるわよ」と言ってからこう諭した。

「人がかわいそうかどうかなんて、あなたたちが決めることじゃない。大体、一所懸命仕事している人にかわいそうなんて言えるほど、あなたたちは立派かしら？」

ハワイ好きなエミリちゃん家らしく、冷蔵庫にはグアバやマンゴーのジュースが入っていた。私たちはそれを飲みながら、「でも倒れそうだった」などと口答えした。

ママはこうも言った。

「おじいさんがかわいそうだとしたら、あなたたちに幸福ではないと決めつけられてしまったのがかわいそうだ。あなたたちが欲しいのは大学芋でもなければ、おじいさんの幸福でもなく、おじいさんを幸福にした、っていう自分たちの幸福感なんだから。人の幸福も自分の幸福も、これからちゃんと模索していきなさい」

エミリちゃんママの幸福論を論破できなそうだったので、私たちはグアバジュースを飲み干した後、今度は階を3つ下りて、私の家に行った。グレーのカーペットの部屋に置いた、子供の存在を無視したラブチェアで生協の買い物シートを記入していたうちの母に、私たちはさっきよりも仰々しくおじいさんの現状を話し、大学芋を買ってくれとせがんだ。「誰も買ってなさそうだった」という情報も付け加えたが、母は生協のカタログをローテーブルに戻し、ちょっと考えてこう言った。

「人を救いたいと思うのは悪いことじゃないけど、自分ができる範囲というのを自覚することも大事よ。あなたたちは文房具屋の誘惑に負けてお金を使い果たした。それで自分らが救うべきと思うものを救えなかったのだとしたら、それはあなたたちの現時点での力の限界」

文房具屋で買った素敵さんたちがどうにも気まずく私たちのビニール袋の中でうずいていた。

「人を救いたいなら力をつけなさい。文房具屋でキラキラ消しゴムがあれば欲しい、大学芋屋が大変そうだから買いたい。社会の誘惑ってこんなもんじゃないわよ。力をつけて、何に力を使うべきか、常に真剣に迷わないと」

結局、ふたりのママの説得に失敗した私たちは、おじいさんのリヤカーのところへは戻れなかった。そして、そのおじいさんを見かけたのは後にも先にもその時だけだった。

幼稚園を卒園してほどなく、私たち一家は鎌倉に、エミリちゃんは近くにできたタワーマンションに引っ越してしまった。

＊

母が亡くなる直前、病院に近いという理由で、父は人に貸していた月島のマンションに再び拠点をつくった。久しぶりに訪れるマンションは、昔よりずっと綺麗にリフォームされていたが、4階の中庭にはベンチと花壇しかなくなっていた。アスレチックのネットやタイヤブランコは、危険だからかとっくに撤去されたらしい。10代になって20代になっても、私たちは無力で、人の幸福も自分の幸福も思っていたよりずっと複雑で難しかった。社会の誘惑は今も激しく私を揺さぶる。子供の頃のアスレチックは凶器だったが、それでもオトナになっていく過程の街や社会のほうがずっと荒々しいのだから、みんな撤去されてしまったのは、ちょっとザンネンに思う。

履かぬは恥だが役に立つ

私の通った鎌倉にある小・中学校というのは、父母を「お父様」「お母様」、校長先生を「校長様」、こんにちはを「ごきげんよう」などと強制通訳されるような学校であった。小学校はクラス4分の1が男子、中学入学後は完全中高一貫校で女子校、女子大は都内にあった。小学校では週に1回、普段のお弁当より質素なおにぎりのみのようなお弁当を持っていき、差額を募金する「チャリティーデー」や、お母様たちの手作りのポプリやお弁当袋などを売る「バザー」、黒柳徹子さんのユニセフ大使としてのご経験談を拝聴する3年に1度の「黒柳さんの日」などのイベントが目白押し、そんな学校である。

クラスには担任のほかに副担任を務めるシスターがいる、そんな学校。宿題はドリルなどのほかに、毎日高名な本をノートに書き写していく「うつしがき」や、ペン字の練習として詩を達筆で書かされる「おさらい」、毎日あったことを学校名が入った原稿用紙に記していく「にっき」など大量に課されていた。

＊

私の母はチャリティーデーに関して「みんなと同じ300円は寄付するんだから、

まっとうな弁当持たせてもよくないですか？　おにぎりだけって不健康すぎる！」と噛み付いたり、「うつしがき」について「この優等生的本1冊うつしがくよりも100倍ためになる本を100倍読ませています」と拒否したりと、何かと学校と闘っており、ごくごく常識的な普通の小学生であった私はそういう母がとても嫌だった。別におにぎりだけでいいし、うつしがきもソツなくこなすから穏やかで無難な生活を送らせてくれと心から願っていた。

そもそもそういったいわゆる「お嬢様校」に通わせたのは完全に父の変態趣味である。制服に帽子はもちろん、ハンカチや鉛筆まで学校の購買部で指定のものを買わなければならないような学校を母が推奨するわけはない。つまり母と学校の対立は、ちょこちょこ母の中に湧き上がる父親へのいらいらなども吸収して年々激しくなっていたのである。

一度、学校から帰って食事などを終えた私が部屋で宿題の残りを片付けようとしていたら、母がリビングからバタバタとやってきて、「ねえねえ、吉田都さんの特集やってる！　テレビで！」と言ってきた。私はああそうなんだと適当に聞き流して宿題の続きにとりかかったが、5分後にまたバタバタという音がして「ねえ！　そんなくだらないことやってないでさ！　観ようよ一緒に！」と半ば強引に私をリビングに拉致し、「あんた、『はなのすきなうし』を読むのは素晴らしいことだけど、学校に言われたとおりにただそれを書き写してたって、吉田都にはなれないし、『はなのすきなうし』を超えるものも書けないわよ」という持論を展開しながら、吉田都を特集したテレビをそこから1時間半、私に観せた。

当然、宿題をやり残した私は、翌朝、ミンチン女史というあだ名のクラス担任に怒られるのだが、私としてはどう考えてもふたりのオトナに挟まれて納得がいかない。これまでも散々こういった事態を黙ってやり過ごしてきたが、この時ばかりは私も反論。「お母様がそんなくだらないことやってないでテレビを観ようと言いました」。

で、その晩我が家にはミンチン女史から「宿題をくだらないと言わないでください」との電話がかかってきた。これが我が家に伝わる吉田都事件である。他にも「レ・ミゼラブル事件」（ミュージカルのレ・ミゼラブルを鑑賞しに行ったせいで翌日遅刻した）や「ハワイ事件」（ハワイにいくエアチケットの都合で終業式を休んだ）などがあり、私は常に左側にリベラルな母と右側に保守的な先生たちを見据えて田原総一朗のように強く生きようと思っていたのであった。

＊

ただ、中学に入ると、その対立と中立はやや様相が変わってくる。私がごくごく普通であることに変わりがないが、ごくごく普通の中学生らしいごくごく普通の中二病にかかり、母とは別のかたちで学校と対立しだす。学校帰りにカラオケに行ったり、ルーズソックスを履いたり、ブリーチ剤で髪の毛を脱色したり、そういったことである。別に心に不屈の反骨精神を秘めていたわけでも、社会へのアンチテーゼをファッションに込めていたわけでも、どうしようもないやるせなさから理由なき反抗をしていたわけでもないのだが、私としてはシスターのギターに合わせて聖歌を唄うよりはもう少し、時代の雰囲気に近い中学時代を過ごしていた。

そして、私が独自に学校と対立するようになることによって、また私が一応話や判断のできる年齢になったことによって、バランス感覚の優れた母は学校に楯突《たてつ》くことはあまりなくなった。むしろ、場合によっては学校側の肩を持つようなことも言うようになった。

私が初めて「なんちゃってルーズ」ではない本格的な「スーパールーズ」を買って

きて引き出しにしまった翌日、学校から帰るとそのE・G・スミスの1800円のルーズソックスはピンで部屋のコルクボードに吊るされていた。母は私の生活態度や家事に非協力的な姿勢、言葉の選び方などに腹を立てることはあっても、服装や化粧に単純に禁止や口出しをすることがあまりなかったため、私はやや不可思議に思いながら書斎で仕事をしていた母に、なんでこんなことをするのか聞きに行った。

「一応、今の校長になってからルーズって禁止になったんじゃないの？　特に中学生は」

母はワープロを打つ手を止めて、アイラインをひく知識もなくアイシャドウだけ塗りたくった瞼《まぶた》でジャンパースカートの制服をベルトで縛って無理やりつくったミニスカに、鎌倉の「とうきゅう」で1000円で買ったルーズソックスを合わせた娘を舐めるように見た。

「でも今履いてるのもルーズだよ」

反論にもなっていない反論をする私に、母はプリントアウトしたボツ原稿をふたつに切って裏紙でつくった我が家オリジナルメモ用紙を取り出して説明しだした。

「今履いているのが学校でそこまで拒絶されないのは、そもそも先生たちって靴下がたるんでること自体が嫌なわけじゃなくて、ルーズソックスを履くことに象徴されている少女たちの反抗だったり不良化、今時のギャル化を恐れているわけでしょ。あとはそういった見た目にばっかり気を遣って、勉学やボランティアを疎《おろそ》かにするような精神とか。だからとうきゅうで買ったらしいその微妙なゆるゆるソックスを履くのと、ギャルの象徴であるスミスのセンハチ[35]を履くのとでは意味合いが変わってくるわけよ」

母はクセのある文字とイラストでルーズソックスやらギャル?らしき女の子やらをぐちゃぐちゃ描きながら続けた。

「私は理にはかなっているとは思うんだけどね。短いスカートに、パリジェンヌだったらブーツを合わせるわけじゃない？　上にボリュームがあると足元が寒々しく見えるから。で、制服の範囲内でローファーを履かなきゃいけないから、苦肉の策として靴下をブーツ級のボリュームにする、と」

今のように携帯でパパッと画像検索なんてできない時代である。そもそも我が家には私が中学3年生に上がる前は、父親の電波の悪い携帯電話と困った時用のPHSが1台あるだけだったので、私は母の下手なイラストでパリジェンヌのファッションを知ることになる。正確に言うと小学生までは親の行くところに極力全部連れて行く、という親の方針によって休みはヨーロッパ中を連れまわされていたため、パリに行ったことはあるが、パリにいる女子たちがオシャレであるという概念はまだ知らなかった。

私にとって小学生までは疎ましかった過剰リベラル・喧嘩腰・70年代的反骨精神の母親ではあるが、それでも彼女がその辺のつまらない教師やオカアサマたちよりは高尚なものであるという認識はあった。だから母に、教師がこぞって否定するようなルーズソックスを否定されたくないという、私としては2回転ひねくれた気持ちがあった。

35—90年代からゼロ年代初頭の女子高生のルーズソックスは、ほぼE・G・スミスの寡占状態であった。ソニープラザなどで売られていたスミスのルーズソックスは、わりとさりげないボリュームの1300円のものから、ボリュームと長さが増す1600円のもの、1800円のもの、とランクアップした品揃えがあって、いわゆるスーパールーズは1800円のもの（通称センハチ）あたりから使われるようになった言葉である。ちなみにその後もルーズは進化をとげる。ゴム抜きルーズなどが衰退し、その代わりにさらにボリュームのある2000円のものが発売されたのは私が高校に入ってからである。

「うんうん、私もそう思う。ルーズ履いたほうがバランスがいい。で、スミスのルーズが一番質がいい」

「うん、でも社会はそうは見てくれないから。本当にこれは理にかなった素晴らしいものだってあなたが主張しても、それ自体の機能や美よりも、それが象徴するものがみんなの目につくの。ルーズ履いてたら不良、とかね」

「ママがルーズだめとか言うなんてつまんない」

　私は本音を言った。私の実家のリビングには、私が幼稚園あるいは保育園時代に描いた本格的な水彩画が飾られており、その横にダリの版画がかかっている。書庫や廊下、父や母の書斎とはまた違った選書をされた建て付け家具の本棚には、平凡社の百科事典と画集が並べられ、逆にほぼ続きになっているキッチンはびっくりするほど生活感だらけで、CO・OPブランドのお菓子やら使いまわされる輪ゴムの束やらが並ぶ。母が現地で買ってきたトルコ絨毯以外に高い家具はなく、ソファはホームセンターで数年に一度買い換えていた。私はその環境をある程度の拒絶と否定を繰り返した後、わりと気に入っていたのである。

「だめとは言ってないし。ピンボードに貼り付けてただけだし。ある程度そういうことを意識して履いたほうがいいっていうだけ」

「なんだ」

「でも私も、一応あなたにとっての代表的なオトナとしての責任があるから、例えば父母会であなたのルーズソックスが話題になって何も考えてない、子供に何にも教えてない母親だって思われるのは嫌だな」

「どういう意味？」

「先生が嫌うものを取り入れるなら、先生がよだれ垂らすくらい好きなものと一緒に取り入れなさいよ。茶髪で成績一番、ルーズソックスで学級委員、ピアスで全国コンクール入賞、とかさ。あれもしたいこれも嫌だ、って言ってるだけの人に世界は耳を傾けてはくれないよ？　それに、ルーズソックス履いて成績が悪かったら、やっぱりルーズソックスを履いてるのは劣等生だっていう印象が強くなって全国のギャルにも迷惑。逆にルーズソックス履いて成績一番なら、先生たちはそのファッションを否定しにくくなるでしょ」

　母の説教を経て私は結局、スミスのセンハチを履きながら持ち前の学力で全教科とはいかないまでも３教科は学年１位をとり続けることとなった。今から思えば、ルーズソックスを履くために勉強するくらいなら、地味な格好して映画でも見ていたほうがラクな気もするが、14歳の私にとってはルーズソックスは徹夜の勉強すら苦にならないほどアイデンティティの根幹を支えるものだったらしい。そもそもアイデンティティの根幹を支えるのが、当時女子中高生がこぞって履いていたスミスのルーズであるという陳腐さはさておき、私はそういった大切なもののために闘う姿勢を習った。

＊

しかしそんな母が一度だけ、「ルーズソックス禁止」を言い放ったことがある。それは私が一貫校にいながらその学校の高等部に進学せず、都内にあるもっと校則が自由な共学校への受験を決めた頃だった。受験を決めたのは中学3年生の秋。遅いスタートにいつも以上に学力アップを心がけていた私は、代々木ゼミナールの全国模試では全教科50位以内に入るくらいは優等になっていた。当然、母理論ではルーズソックスの資格ありなわけだが、なぜだか母はそれをよしとしなかった。

「冬休み明けから卒業式まではピタックス[36]を履きなさい」

冬期講習帰りの私を捉《とら》えて母はそう断言した。

「なんで？」

基本的には母理論を実践してきた私は、中学、そしてその女子校最後の日々をピタックスを履いて去り際を汚すような真似はしたくなかった。しかし母の口調は強い。

「あなたの学校は小学校から中高まで、一貫して教育してくれようとしてきて、今まででさんざん育ててくれたその学校を蹴っ飛ばしてあなたは別の学校に鞍替《くらが》えしようとしてるわけでしょう？　最後に学校への敬意を示すべきです。さらに、内申書を書くのは先生という人間だから、そういう最低限の敬意を示す生徒について書くのと、最後まで好き放題して出ていく人間について書くのでは、言葉の選び方が変わるよ。大学出てオトナになったらさ、理不尽なものに頭を下げたり、礼儀としてダサい格好したり、自分の都合より会社の都合優先したり、好みと正反対のことさせられたり、そういう場面って絶対あるでしょ。あなたが何になろうとね。私だって好きなこととしてるように見えて、いろんな人に頭下げてダサい服も着たし、面白くもないもの面白いって言ってきたのよ。それくらいはできるオトナになりなさい」

36―ぴったりした短い丈の白ソックスのこと。ルーズソックスではない靴下の蔑称。

結局、母は私のクロゼットを開けて靴下を取り上げるまではしなかったものの、断固としてその意見を曲げようとはしなかった。私はクラスで「イケてる」グループの証だったルーズソックスを放棄して受験し、そのまま中学を卒業した。

入学した高校は服装に関する規則は極めて緩く、ルーズソックスや茶髪は悪と認識すらされていないところで、私は若干食傷気味になるほどルーズソックスや茶髪を思う存分楽しんだ。高校に入学したのは１９９９年、夏になっても恐怖の大魔王どころか特別印象的な事件すら起こらず、時代は私たちのように高校生活を謳歌《おうか》する女子高生を拒みつつも受け入れていた。

高校の制服を脱ぎ捨て、ただそこにいるだけで時代の中心にいる女子高生でも、制服を着て歩くだけである種のフェティシズムをびんびん刺激する女子高生でもなくなった私は、それでもなんとか時代を謳歌しようと、髪の毛アゲアゲのキャバクラ嬢をしたり、セクシータレントとしてしれっとデビューしたりしたのだが、なんとなく中学の時に教えられた母理論は頭の片隅に残っていたのか、キャバクラ嬢は慶應生をしながら、ＡＶ嬢は東大院への受験準備をしながら全うした。

クリトリスをえぐられたら

「飛行機でアメリカに行くほうが、ここから歩いて鎌倉駅まで行くより死亡する確率は少ないって話は聞いたことあるでしょ？」

私は19歳で横浜で一人暮らしをしだしてから現在まで、基本的にはずっと実家を出たままなのだが、大学院入試があった大学5年生の頃に3カ月ほど実家から大学に通っていたことがある。ゼミの予定などが忙しかったのと、車を使いたかったからという理由もあるが、基本的には母がゴリ押しで望んだことだった。すでに3年以上離れて暮らしていた私を、彼女はここぞとばかりに問いただし、何かしら把握しようとしてきた。

私の場合、AVが世間バレしたのは2014年に会社を辞めた直後の週刊誌報道だったが、親バレしたのはそこから4年ほど遡《さかのぼ》った2010年の初夏、前年まで同棲していた元カレが、私が他の男との写真をフェイスブックにあげたことで復縁への希望を絶たれ、ゲキって親にメールを送ったのがきっかけだった。

その前には、ちょうど私が実家に長期で帰っていた学部生の最後の頃、私がＡＶ女優のフィーチャーサイトで連載していた官能小説のゲラと、直前まで勤めていたキャバクラの名刺を見つけられたことがある。なんというか、ギリギリセーフなのかギリギリアウトなのか微妙に思っていたが、母はピンク映画監督をしていた友人に電話をしたり、学生時代の演劇仲間でエロ産業に流れていった友人に電話したりと何かと忙しく聞きまわっているようだった。

それで、とある結構有名なピンク映画を撮ったことのある監督の話で「めちゃくちゃな時代だったから、クスリやってる人間もいたし、一度、実験自主制作映像で女性のクリトリスを切ったことすらある」というのを聞いた母は、父の帰りが遅い夜、夕食の野菜たっぷりラーメンを食べ終わって私に話し始めた。逃げ遅れた子うさぎことと私は、当時まだパカパカ型だった携帯をいじったり、横にある特に興味深いことが書いてあるわけでもない新聞に目をやるふりをしたりしながら、母の話を聞いた。

＊

「その人がね、今時珍しいくらい個性的でいい娘持ったね、なんて言ってくるのよ。

人の子供だったらそう思うかもね。別に私だってあなたが文章でそういう世界に参加してる分にはその行為自体が嫌なわけじゃない。だけど、その人だって、狂乱の20代を経て、この世界にいたら自分は壊れてしまうってわかって、逃げるように映画すら撮らなくなったんだよ。いちゃいけない世界ってある。その世界でしか生きられない人のためにある世界に、いろんな世界で生きられる人間が入るのは失礼なの。私が劇団員の頃、私と肩を並べるくらい美人な子がいて、私の演技と彼女の存在感って対極的で、その子は親もいなくてＩＱも１００ないくらいで、私は結局その子にかなわないと思ったしね。あなたがね、もしそういう世界にいて、誰かクスリでハイになってる男の人にクリトリスを切られたりしたら、私もあなたのパパも、その人のこと訴える、なんて遠回しなことはしないわよ？」

実は文章どころか引退直前の私は、自分の身体を使って男優のアナルを弄《もてあそ》んだりタマを蹴っ飛ばしたり、あるいはカメラにオシッコをかけたり逆にあついロウソクをたらされたりしていたんだけど、いやいやママが想像しているよりずっと奥まで来ちゃってるんだよね〜いまさらどうしよう!?　なんて言える雰囲気ではなかったので、私は空気を読んで黙っていた。母は、娘のことでシクシク泣くタイプではない。少なくとも娘自身の前ではそうで、興奮して涙ぐむことはあっても、明らかに悔し涙や自分の声の温度に反応して出てくるナミダで、それすら基本的に頬を伝う前に飲み込む。その時もそうだった。

正直、70年代のポルノ撮影現場の話は、当時私がいた世界とはあまりに異質で、その誤解だけは解きたいような気もした。今思えば、実はそのふたつに違いなんてほとんどないのだけれども、少なくとも当時の私はそう思った。母は、食べ終わった食器を片付けもせず、大抵はそうするようにリビングのソファに移動するわけでもなく、ダイニングテーブルに座って、電話台や私やオープンキッチンのほうに目をやりながら、手を動かさずに話していた。

母の魂入りまくりの言葉がまったく響かないほど薄情な娘ではなかったものの、私にとって赤レンガ造りの我が家にある、木製アンティークのテーブルで母の言葉を聞くことと、住んでいた下北沢のマンションから銀座のキャバクラや池袋周辺の撮影現場に通うことは、まったく別のもの、かつ矛盾なく両立できるものなのであった。その両立を実は不可能だと諭す母と、両方を手放せない私と、どっしり構えて動かないダイニングテーブルの横にある柱は、しばし沈黙を保っていた。

「それ、でも結構前に書いたやつだよ」

私は沈黙が自分に有利に作用することはない、と感じ、あまり言い訳にもなっていないがとりあえず口を開いて言い訳めいたことを言ってみた。その言葉に背中を押されるように母は食器の片付けを始めた。キッチンとダイニングを2往復して、湯沸かしポットからお湯を注いだ急須を持って再び私の目の前に座る。

「危ないものが美しく見えるのも、健康体な自分を極限まで追い詰めて壊してみたいと思うのも、賢いが故に見えてしまう未来から逃げようとするのも、わかっちゃうんだけどさ。旅館の女将《おかみ》の娘で、美人喫茶でバイトしながらお芝居やってた私には娘に圧倒的な正しさを教えちゃいけないと思う？　正しさって、相対的な正しさじゃなくて正しいことは正しいっていう強い正しさのことよ。マミちゃんのママには許されても私には許されない？」

＊

マミちゃんというのは私の実家から川を挟んで少し下った場所に住んでいた同い年の女の子で、私と同じ私立の小学校に通っていた。うちと同じくらい大きい家に住んでいた彼女の母親は、失礼なうちの母がしょっちゅう「理想的とされる専業主婦像」について話す時に勝手に例示するために名前を使われるような経歴の持ち主で、農林水産省の官僚の家に育ち、学習院を出た後に三菱系の会社で少し手伝いをしていて、24歳でその会社の将来有望なエリートと結婚した。お茶と琴の心得があり、娘を車で学校の門まで送っていた。

私の家は図々しいので、マミちゃんの家の車によく便乗して、マミちゃんのお母さんが作ってくれる紅茶ケーキなどを完食するどころか家に来る編集者さんたちにあたかも買ったか作ったかのようにふるまい、そして会話中には理想系家族としてやや冷笑的な意味合いで例示する、という嫌われて当然のことをしていた。ちなみに母が話の具体例として登場させる母親というのはあとふたりいて、片方は江戸川女子高を出て外交官の妻になったユミちゃんの母、もう片方は銀座のホステスから若くして水揚げされその賢い頭を使ってマンション2棟のオーナーになったところで「パパ」と縁を切ったエミリちゃんのママである。当然本人らに何の承諾も得ず、うちの議題をうまく説明するために、すぐ名前を使うのだから、向こうからしてみれば迷惑な話である。

それに、母の言っていることは見当違いでもあった。

「ママの過去がどうあれ今はいい仕事をしてるし尊敬してるしママから受け継いだものがあるならそれをムダにしないようにするしマミちゃんのママよりうちのママのほうが私は信頼してるよ。ママの娘として恥ずかしくない程度の学はつけてきたし大学院も受かったし。でもそれと官能小説ってそこまで関係ないでしょ？」

母が急須を傾けてお茶をいれたところで、私は初めて長い反論をした。ただ、母の元に漏れ出ている情報が限定的であるため、自分でもいまいち歯切れが悪いな、とは思った。

「それにさ、ママは私がテニスサークルとかラクロスとかやって、医学部と合コンしてれば、ああいい娘を育てたって思うわけでもないでしょ。それこそマミちゃんみたいにそのまま女子大まで進んで茶道会とか入ってても、別に文句はないだろうけど自分の娘そんな感じかよってなるでしょ」

「まぁ、わかんないか、まだあなたには。関係ないでしょっていうところが実は一番関係があったり、住む世界が違う絶望がどれだけ辛いかってことも。私もわかんなかったし自分で壁にぶつからないとわからないか。でもわからないことを全部自分の身体で実験してたら怪我するよ」

私はその約1カ月後にまた下北沢に戻って、卒論を仕上げつつとっくにきれた単体契約を取り戻そうと企画単体でNG項目をどんどん外して数本のAVに出演し、優等な成績で大学を卒業すると同時に下北沢の家を解約して芝浦のマンションに引っ越した。

大学院に入っても収入を落とす気はなかったんだけど、ある日突然エロ業界に嫌気がさして引退する。再び実家を出て8本目の撮影を終えた頃だった。なぜ嫌気がさしたのかはいまだによくわからないけど、芝浦アイランドができた頃の芝浦の空気があまりに真っ当だったからかもしれないし、大学院が忙しかったからかもしれなかった。そう言えば、母は再び実家を出ていこうとする私に「面白いって世間から言われるのと、愛されるっていうのと全然違うよ。前者のほうが重要なことみたいに感じられるのはせいぜいあと5年だと思うな」と言っていた。

ミックスコーデの弔い

私は時々自前の衣装で報道系のテレビに出てなんかちょっと偉そうなことをコメントするというような仕事をすることがあって、そういう時は、セクシードレスにピンヒールを履いてスーツジャケットを羽織るという格好をするようにしている。私の名前の横には大抵「元セクシー女優／元日経記者」のような紹介が書かれているので、一応期待されるマスイメージ、AV嬢＝セクシードレスにヒール、記者＝スーツという私なりの自己紹介的なミックスコーデである。

母が他界した日、正確に言うと息を引き取ったのは未明だったのでその前日だが、私はちょうどAV出演強要問題[37]についてネットTVの生放送番組でコメント出演をするために、病院を早めに父に任せてスタジオに行っていた。ほんの10分の出演時間の

37―国際人権団体の報告書に始まり、プロダクション関係者の逮捕もあったことで、一時期AV業界周辺は強要問題ブームのようになっていた。週刊誌で実体験を語った女優さんたちの心意気は良いのだが、実際は説得と強要の境目などかなり複雑な問題である。

ために1時間かけてメイクをして、ほんの10分の出演時間のために20分ほど打ち合わせがてら待機して、ほんの10分、元セクシー女優の作家として「いやぁ説得と洗脳って線引きは難しいですよね」なんて無責任なことを言って、当然ほんの10分で終わって、帰りのタクシーの中で父親から危篤の連絡をもらった。すでに車は私の家に向かって靖国通りに入ろうとしているところだった。私はタクシーの運転手に目的地変更を伝えて、急いで聖路加病院に向かってもらった。

聖路加は夜間休日受付もしっかりしているので、いつものように私は病室に入るための入館証を発行してもらい、廊下を足早に走った。自前衣装の仕事の時、大抵はスウェットやジーパンを穿《は》いて自前の衣装は紙袋に入れて別に持っていくのだが、6月の気候はジャケットにワンピースというテレビに出るそのままの格好がぴったりで、だからエレベーターに乗って最上階の緩和ケア病棟に降り立った私は、白いジャケットに胸元がバッキリ開いた黒のワンピース、厚底気味のピンヒールミュールで、すでに22時を過ぎてナースの他には重体患者の家族くらいしか行き交っていない病棟の廊下で、明らかに場違いな煌《きら》めきを放っていた。

それでも、いつもであれば家でゴロゴロしていたり、部屋着に近い格好で友達とカラオケに行ったり、あるいは時々出勤していた歌舞伎町の飲み屋でさらにセクシーでしかない格好をしていたりする時間の呼び出しに、小綺麗な格好でやってこれたことは、私はなんとなく幸運なことのような気がして、古くなったヒールのかかとをガツガツいわせて病室に入っていった。

*

昏睡状態であった母は、泣きながら話しかける父や私の言葉に、手を握り返したり少しまばたきをしたりしながら口をぱくぱくさせて、5時間後くらいに死んだ。私は人が死にゆく様を見るのは初めてだった。父はシクシク泣きながら家族の思い出を振り返っていて「ロンドン住んでた頃の小学生のみどり（涼美の本名）は可愛かったね。でもわたしがそう言うとあんたは今のほうがずっと可愛いって言い続けてたね」とこぼした。

それは私も聞き覚えのある母の言葉だった。母は、それなりに遊び人の父よりもずっと、思春期以降の私のふるまいに気を揉んでいた。気を揉んでいたというより嘆き悲しんでいたし、断固として否定する態度を崩さなかったし、結局最後の一息を吸い込んで死ぬまで、一度も私のことは許さなかった。そして自分の教育者としての責任を感じ続け、こんな娘にしたことを恥じ続けた。

同時に、幼くて可愛い私よりも、すれにすれたオトナの私を愛し続けた。否定しながら愛し、愛しながら許さないというのが、母の一貫した態度であった。そして、否定し続けても愛しており、愛してはいても絶対に許していない、ということを理解するくらいの人間に私を育て上げた自信は、失っていなかった。だから言葉でも態度でも思う存分にけなし、また思う存分に可愛がることができたのだと思った。

「今のほうがずっと可愛いと思うわ」という言葉は、常に「あなたは一生その背負っているものを放棄する権利も忘れる権利もないのよ」という言葉とセットで発された。緩和ケアに入ってもまだ痛み止めの影響があまり出ていない頃、母はあまり顔を動かさず、あまり息を吸い込まずによくこんな話をした。

「前にあなたが詐欺やテロリストで世間からバッシングされても、私はあなたの娘としての素晴らしさをもって心の中で信じて守ってあげられるかもしれないけど、AV女優になったら守るすべを失った、って話したじゃない？　ヤクの売人でも豊田商事みたいな悪徳商法でも、売りはらった後はお金しか手元に残らないから、償い続けたらいつかその過去を払拭《ふっしょく》するっていうの？　そういうことができるかもしれないけど、身体やオンナを売るっていうことはさ、お金はもらうけど、それで何かを売り渡してはいるけど、それでも身体もオンナも売る前と変わらずあなたの手元に残るからね、だから一生消えないと思うのよ」

母の病室には、彼女の担当編集者が持ってきた最後に書いた原稿のゲラや、急いでつくってもらえた本の見本などが並んでいた。もう起き上がることもほとんどできなかったが、いくつかの本とパソコンも持ち込んでいた。あまり相手できないけど、と言ってもしょっちゅう来てくれるお茶の水中高の友人やＩＣＵ時代の友人らが持ってきてくれるお菓子やお花もあった。母はどれくらい生きたいかなんてとりとめもないことを聞いてくる緩和ケアの主治医に「あと2週間くらいいいただければ仕事がしあがるので、それで十分だと思ってます」なんて立派なことを言って、でも身体はもうその言葉のようには動かず、ただ苦しく何も手に付かない2週間を過ごした。

＊

「身体も心も交換できないから」

母は限られた時間を意識してか、それまでよりも直接的な表現でほかにもいくつかのことを話した。「あなたのことが許せないのは、あなたが私が愛して愛して愛してやまない娘の身体や心を傷つけることを平気でするから。どうしてあなたは私の娘をいじめるの？」と言った。「あなたは私の娘の幸福への無限の可能性をすごく狭めてしまったの」とも。

そんなことを話しながら母は明日はテレビの仕事だよなんていう私の衣装を一緒に考えたり、病室で化粧する私にあれこれ注文をつけたりして、「いい娘を一人育てて、幸せだった」なんていうことも言っていた。

私はそういった母の言葉を思い出し、今まさに息を引き取ろうとしている母と、その母に声をかけ続ける父を目の当たりにしながら少し自分の感情を理解した。週刊誌に経歴を書かれてさらにそれをワイドショーで小さく読まれたりしながら、なぜか過剰に反応して擁護してくる人たちを私は不気味に感じていた。経歴を肯定したり、なぜか褒めたりしてくる人間を信用できなかった。私をちゃんと愛している母は、絶対に私のことを肯定も許しもしなかったし、私を傷めつけ私が簡単に手に入れられたであろう幸福を奪った私自身を叱責し続けた。私はそれをすでに母に命をかけて教えられていた。だから私を安易に肯定する人間は気持ちが悪かった。

そういえば母を亡くした次の月にもＡＶ出演強要問題でコメントする機会があり、「鈴木さんみたいにプライドを持ってＡＶ女優やられてた方ももちろんいて、とても素晴らしいですけど、テンテンテン」なんて言ってくれる善人に、心のなかでプライドとかねえし、と突っ込んでいた。

別にプライドがある人もいるだろうし、ただの金の亡者も、なんか特別な女の子になりたい症候群の人も、若気の至りが過ぎた人も、セックス依存症すらいたっておかしくはない。そのうちの多くが、その場所に堕ちた気持ちの良さと、その場所と日本の日光の下との相性の悪さや交換できない身体を抱えて、何かに怒ったり何かを責めたり、あるいは器用に折り合いをつけたりしている。潔く見えるのも悲壮感が漂っているのも闘っているのも、そういった行為の途中なのであって、それぞれが賢く生きればいい、と思う。悲壮感にあふれて週刊誌のインタビューに応えるＡＶ嬢も、「元セクシー女優」と恥ずかしげもなくプロフィールを埋める私も、根本的なところでしていることはあまり変わらない。

私は黒ワンピに白のジャケットを羽織った姿で、母に嫌われて愛された身体で、母の身体を拭いて、死に顔に生えた産毛を剃《そ》り、手持ちの化粧品で綺麗に化粧した。ジャケットを着ていると腕が動かしづらかったが、袖なしのドレスではさすがに寒かった。

おわりに――イグアナでもないけど人間でもない

理解があるとか思われれちゃ困る。

なーんて思ってるのは別に私だけじゃなくて、それなりに良識ある両親の下に生まれて好き勝手生きてると結構そう思う場面ってあって、ご理解のあるご両親で羨ましいなんて言われて、暗にひどい両親の不幸話に比べて屈折がないなんて思われるのは甚《はなは》だ心外。不幸でないがゆえの不自由、愛されることの気持ちの悪さだってそれなりにいろいろある。

私の父が以前、「ママがキャバクラみたいな仕事を死ぬほど嫌ってるのは、ホステスと遊びまくって浮気してたパパの影響もあるかも。キミにとっては迷惑な話だろうが」とメールをくれたことがある。母は自分で「割烹旅館と料亭をやってるような家で育ったから水商売の汚らしさも魅力も嫌というほどわかるの。あなたなんかより私のほうがわかってる」とも言っていた。いずれにせよ、母は私が18歳の頃から32歳になるまで実に14年もの間、自分の愛する娘と自分が憎しみ嫌うものが常に重なって見える生活を送った。

理解がある、という言葉を文字通り捉えるのであれば、私の母は理解などというものとはまったくかけ離れたところにいる。父親をたぶらかすホステスへの嫌悪も、料亭のムスメなりの抵抗も、おそらくあっただろうが、何より、自分が半分つくりあげた自分の娘が勇んでそういった場所を選び取っていくことこそ、彼女の違和感の根底にあった。まったく理解に苦しむことである。

理解し合えるから一緒にいるコイビト同士とは違うが、理解し難い魅力があるから惹《ひ》かれ合うコイビト同士とも違う。母と娘の関係は、そんな心地の良い理解の不在ではなく、把握できないことの恐ろしさと愛したいのに理解できないもどかしさの連続である。友人であったら楽しめたかもしれない違いが、楽しめない。ただ友人であったら停止していたかもしれない思考は止まらない。そのまま棚上げにして付き合うことも、切り捨てることもできない。

深夜にがちゃがちゃインターネットをいじり、去年着ていた馬鹿みたいに安っぽくて馬鹿みたいに高い服をフリマサイトで出品したら、馬鹿みたいに安っぽい服が好きそうな女の子たちからたくさんコメントが来た。マナーがなってなくて、どんくさくて、自己中で、日本語が変。そういう子たちのページに飛ぶと、馬鹿みたいに安っぽい服に混じってたくさんの子供服がある。アンパンマンの靴下セット、くまの耳がついたベビー帽子、アニメ柄サイズ90のロンパース。

ガラの悪いママだけど、見ず知らずの出品者に「おはょです↗」なんて挨拶してくるようなママだけど、よだれかけの横にキャバドレスを出品しているようなママだけど、おそらく彼女たちも娘が彼女たちくらいになるまでには、自分の身が削られるような思いをして、憎みながらも愛するような思いに引き裂かれて、そのおかげで娘はとても鬱陶しくてその分どこかで安心した人生を送る。そんなことは前は思わなかった。飛行機の中の赤ちゃんの泣き声が耐えられなかった。焼肉屋の後ろの席に小さい子供が何人もいる家族なんかがいようものなら、店員に言って席を移動させてもらっていた。今だって他人の子供にさして興味も愛おしさも感じないが、それでも親子連れをいちいち冷笑的に見る癖はなくなった。

休み明けに母親の運転する車で歌舞伎町のキャバクラまで送ってもらっている女子大生も、母親の顔をSNSで披露しているAV女優も、母親の話の一切を田舎に捨ててきた風俗嬢も、母親殺してぇって言ってるチャトレ[38]も、オンナである自分とムスメである自分に悩み、オンナである母親と母親である母親について、少なからず思うことがあるのが普通で、それを明るいトーンや攻撃的な言葉で表に出すか、陰湿に隠すか、そういった違いしかない。

それはそれなりに不幸で、でもシンデレラほど不幸ではない私たちの宿命である。いつかは向き合うべきと思いながら延ばし延ばしにしているのも別にいいと思う。延ばし延ばしにしていることで感じる微妙な居心地の悪さや孤独もまた、向き合うことで引き受けなきゃいけない面倒くささと同じような価値がある。

*

ファンキーな母親が悩みの種だった幼少期、親になんかふれないことで生きていけると思った10代、恵まれてるもんと開き直った20代、私は夜道に置き去りにされることも毒りんごを盛られることもないまま、いろいろな美術館を連れまわされたりいろいろな国を連れまわされたり過度な議論に巻き込まれたりしながら母と過ごした。
病室で、息をしなくなった母は安らかではあっても若干小難しい顔をして、口を少し開けたまま顔色はどんどん死人のそれになった。その顔は当然のごとくイグアナではなかったので、私は別にすべての呪縛から解放されるわけでもなく、今もまだ不在をもってその存在をアピールし続ける母とともにある。問題は、言葉好きな彼女が言葉を失ってしまったことで、それはまったくザンネンなことである。

＊

母の看病を言い訳に、遅れに遅れていた原稿を、何も言わずずっと待って下さった幻冬舎の小木田順子さんに心から感謝致します。

38―チャットレディーの略。「自分の部屋から一歩も出ずに、オンナを売る時代」の到来を感じる職業である。

本書はウェブサイト・幻冬舎plusに連載された
「愛と子宮が混乱中～夜のオネエサンの母娘論」を改筆し、
あらたに書き下ろしを加えたものです。

JASRAC　出1704838-701

鈴木涼美（すずき・すずみ）
一九八三年東京都生まれ。慶應義塾大学環境情報学部卒業。東京大学大学院学際情報学府修士課程修了。専攻は社会学。五年半の新聞社勤務を経て作家に。雑誌・ウェブメディアなどでの執筆活動のほか、TVタレントとしても活躍。著書に『「AV女優」の社会学』（青土社）、『身体《からだ》を売ったらサヨウナラ——夜のオネエサンの愛と幸福論』（幻冬舎文庫）がある。

愛と子宮に花束を
夜のオネエサンの母《はは》娘《こ》論

二〇一七年五月二五日　第一刷発行

著者　鈴木涼美
発行者　見城徹
発行所　株式会社　幻冬舎
〒一五一-〇〇五一　東京都渋谷区千駄ヶ谷四-九-七
電話　編集〇三-五四一一-六二一一
　　　営業〇三-五四一一-六二二二
振替　〇〇一二〇-八-七六七六四三
印刷・製本所　中央精版印刷株式会社

検印廃止
 ISBN978-4-344-03117-3 C0095 Printed in Japan
幻冬舎ホームページアドレス http://www.gentosha.co.jp/
この本に関するご意見・ご感想をメールでお寄せいただく場合は、comment@gentosha.co.jpまで。